T0294022

La artillería de Mr. Smith

Editorial Bambú
es un sello de Editorial Casals, SA

© 2016, Francesc Puigpelat, por el texto
© 2016, Editorial Casals, SA, por esta edición
Casp, 79 – 08013 Barcelona
Tel.: 902 107 007
editorialbambu.com
bambulector.com

Ilustración de la cubierta: Pep Montserrat
Diseño de la colección: Estudi Miquel Puig

Primera edición: febrero de 2016
ISBN: 978-84-8343-406-2
Depósito legal: B-671-2016
Printed in Spain
Impreso en Anzos, SL
Fuenlabrada (Madrid)

LA ARTILLERÍA DE MR. SMITH

DAMIÁN MONTES

EDITORIAL

1. La guerra y yo

El subtítulo de este libro, *Una historia perfecta,* puede parecer inmodesto. Y con razón. Pero, en fin, si es así, no puedo remediarlo, porque cuanto más recuerdo la aventura que viví en 1938 con mis dos grandes amigos, Mateo e Inma, es inevitable pensar que tiene todos los elementos que conforman una narración redonda: una guerra, una misión peligrosa, amistades leales, amores nacientes, soldados amables, coroneles perversos, un tanque T-26, un río desbordado, una madre tierna y un padre autoritario y valiente. Si se juntan todos esos elementos y se mezclan como en una buena salsa, obtenemos exactamente eso, una historia perfecta, que tratará sobre un arma secreta: La artillería de Mr. Smith.

Para contarla bien tendré que hacer una brevísima introducción. Retrocedo hasta el principio.

La Guerra Civil estalló cuando yo tenía doce años. Hasta entonces, apenas había sabido nada de política, de sindicatos, de elecciones, de revoluciones o de disturbios. Había vivido en el hogar paterno en Barcelona, en una burbuja de felicidad donde tenía de todo: la mejor escuela, los amigos más ricos, los juguetes más caros y un mundo donde todo era abundancia y felicidad. Poco después de estallar la guerra, en el verano de 1936, empezaron los problemas. Mi padre era ingeniero y accionista de la compañía eléctrica La Canadiense, y los pistoleros anarquistas de la FAI lo tenían en la lista negra. Una noche, a finales de agosto, una criada me sacó de la cama sin explicarme nada. En el jardín de casa había dos coches con los faros encendidos y una furgoneta cargada de baúles, maletas, paquetes y algunos muebles. Viajamos toda la noche y, poco antes del amanecer, después de algunas discusiones con la policía y un montón de papeleo, atravesamos la frontera y entramos en Francia. Al día siguiente nos establecimos en un pequeño piso en Montpellier, donde vivimos casi un año. Era el exilio.

Mi padre, todo un ingeniero, se tuvo que buscar un trabajo mal pagado como electricista. Pero no perdió su buen humor.

–Mejor electricista en Montpellier que muerto en la cuneta de una carretera en Barcelona –solía decir.

Mi madre lo corroboraba afirmando con la cabeza, y añadía:

–Estos malditos rojos nos llevarán a la perdición.

Poco a poco me fui acostumbrando a saber quién era quién en aquella guerra, vista desde la óptica de mi familia. Los 'rojos' eran los malos: partidarios del gobierno republicano, anarquistas, comunistas, ateos y quemaiglesias.

Los 'nacionales' eran los buenos: seguidores de Franco, conservadores, gente de orden y de misa. Aquella guerra era como las películas del Oeste que veía de pequeño en los cines de la Rambla de Cataluña: indios contra pistoleros. Pero en nuestro caso los pistoleros buenos habíamos tenido que huir de casa porque los indios malos eran poderosos y mataban a mucha gente. Un día le conté esta interpretación a mi madre. Sonrió y me dijo:

–Ahora estamos solo a media película. No te preocupes: al final, los apaches y los *sioux* siempre salen derrotados.

–¿Y entonces regresaremos a casa, a Barcelona?

–Por descontado que volveremos.

La verdad es que nunca volvimos. Pero los pistoleros, a medida que pasaban los meses, ganaban a los indios y recuperaban terreno. Al cabo de un año en Montpellier, mi padre decidió regresar a España, a la parte llamada la 'zona nacional'. Cruzamos los Pirineos por Navarra y nos dirigimos a Burgos, donde se había establecido el gobierno del general Franco. Allí se acabaron nuestras miserias. En lugar de un piso minúsculo como el de Montpellier, alquilamos una casa enorme con jardín, volvimos a tener coche y los Reyes Magos me trajeron un tren en miniatura precioso, importado de la lejana Alemania, donde gobernaba en ese momento un señor con bigote similar al de Charlot, un tal Adolf Hitler.

El cambio de estatus de mi padre se debía a que había entrado a formar parte del Estado Mayor del ejército nacional y asistía a reuniones de alto nivel, a veces con el general Francisco Franco Bahamonde en persona. Por lo que pude averiguar, mi padre asesoraba a Franco en materia de energía: centrales hidráulicas, carbón, petróleo, redes de distribución de electricidad y otros asuntos técnicos que tenían, por lo visto, cierta importancia en el desarrollo de la guerra.

Como consecuencia de su nuevo trabajo, mi padre cambió aprisa. Comenzó a llevar uniforme de teniente, y no se lo quitaba ni siquiera los domingos. Se volvió más serio y adusto, y a mí, de repente, dejó de llamarme Xavi o Xavier, como hasta entonces, y empezó a llamarme Javier y, a veces, hasta a hablarme en castellano. Un día reuní el valor suficiente para preguntarle a mi madre qué ocurría, y ella respondió:

–El catalán es la lengua de los rojos.

Cuando objeté que nosotros siempre habíamos hablado catalán y éramos nacionales, ella añadió, con un susurro:

–Por supuesto. Esto lo sabemos tú y yo. Pero no ellos.

–¿Ellos?

–Franco, los falangistas, los militares...

Mi madre me hizo una seña con el dedo delante de los labios, dando a entender que su respuesta era un secreto peligroso si 'ellos' se enteraban de su opinión, y por primera vez vislumbré que quizá aquella guerra no era tan simple como una batalla entre indios con flechas y pistoleros con rifles. ¿Y si los pistoleros no fueran todos tan buenos como los de las películas? ¿Y si los indios no eran tan malos como me los pintaban?

Aquel curso estudié en un colegio de curas situado al abrigo de la catedral. Tras los exámenes finales, a primeros de junio, mi padre anunció que volvíamos a mudarnos de casa: nos estableceríamos en un pueblo cercano a Lérida, llamado Balaguer. Yo me alegré: los antepasados de mi padre habían vivido en Balaguer y, desde pequeño, me había acostumbrado a pasar allí mis vacaciones de verano. No íbamos al pueblo mismo, sino a una masía –'la torre', la llamábamos– situada a un par de kilómetros al norte, cerca del río Segre: un verdadero paraíso donde uno podía recorrer kilómetros en bicicleta, cazar ranas en las acequias, robar melocotones y zambullirse en los remansos. Para mí, Balaguer era sinónimo de libertad.

Pero no lo fue del todo. Había, de nuevo, la guerra por medio. Cuando llegué, una tarde calurosa de junio de 1938, la vieja torre se encontraba muy cerca del frente: solo a cinco o seis kilómetros al otro lado del río estaban, enfrentadas, las trincheras de los nacionales y las de los rojos, cada una con sus soldados, sus fusiles, los nidos de ametralladoras, los sacos de tierra, los Jeep, los tanques, los morteros y los cañones. El día de nuestra llegada, en lugar del piar de los pájaros, oímos con cierta aprensión disparos dispersos, ráfagas de ametralladora y, de vez en cuando, la explosión de un obús. Mi padre leyó la desazón en mi rostro y explicó:

–No hay ningún peligro. Las oímos, pero estamos fuera del alcance de las balas.

La torre era grande y un poco destartalada. En la planta baja dormían los arrendatarios, un matrimonio con tres hijos que se ocupaban de cultivar las tierras en ausencia de mi padre. También había el almacén para las herramientas de todo tipo y las cuadras para los animales: cuatro cerdos, un par de asnos, una multitud de jaulas de conejos y el gallinero.

Mi familia se instaló en la primera planta, que estaba más arreglada y habitable. Tenía una cocina con una

11

chimenea impresionante y un comedor con muebles del año de la catapum y sillas carcomidas. Las habitaciones parecían sacadas de una novela del siglo XIX, con armarios oscuros, cómodas con cajones siempre atascados, cortinas de terciopelo y unas camas levantadas a más de un metro del nivel del suelo. Arriba había un desván lleno de trastos, donde me instalé yo. Me gustaba dormir solo en ese espacio enorme. Disponía de un baúl lleno de juguetes, y me encantaba un juego con una veintena de soldaditos de plomo vestidos con uniformes de la época de Napoleón.

Tras la parte de solana de la torre, que se orientaba hacia Balaguer, había un pequeño estanque destinado al riego, donde nos bañábamos los días calurosos. Al lado había un sauce llorón cuyas hojas lamían el agua y un huerto con tomateras, lechugas, pimientos y calabazas, un huerto que desprendía todos los olores del mundo. En la umbría de la torre, había un jardín con bancos de piedra, cuatro rosales, arbustos y flores silvestres: era sombrío, decadente y algo triste, por lo que mi madre se sentía a gusto en él por las noches, leyendo sus novelas románticas preferidas.

Mirando al este, se veían las espesas copas de los olmos, los álamos, los fresnos y los sauces que marcaban el curso del río Segre: el bosque de ribera o soto. Otros veranos, la visión del soto había sido la invitación permanente a refrescarse con un chapuzón en el río. En el verano de 1938, sin embargo, el soto, espeso y oscuro, era otra cosa: el parapeto tras el que se seguía desarrollando una guerra cruel y sanguinaria, la frontera que no se podía cruzar, a menos que uno quisiera morir víctima de una bala o un obús.

2. Mateo

Tenía catorce años, el verano por delante, un país para explorar, una bicicleta y libertad total: todos los elementos que, juntos, conforman la felicidad. La bicicleta, además, era de lujo: tenía piñones y platos, como las que usaban los corredores profesionales en el Tour de Francia. Hoy puede parecer una tontería sin importancia, pero en 1938 casi todas las bicicletas tenían un solo piñón y un solo plato, y según qué subidas había que hacerlas siempre a pie.

Los primeros días cogía la bici, pedaleaba hasta Balaguer y me pasaba ahí las mañanas. El pueblo era seguro: por el otro lado del Segre, el frente estaba a siete kilómetros, y solo se oía de vez en cuando una explosión débil. Divagaba por la plaza, por los soportales de la calle de Abajo y subía por la calle Barrionuevo, en lo alto de la cual, sobre una colina llamada el Bombo, los nacionales habían construido un búnker. Me gustaba mirar los cañones de las ametralladoras que sobresalían de las aspilleras, pero nunca las vi disparar, pese a que pasaba largos ratos observándolas a escondidas.

A los pocos días, me aburría. ¿Por qué? Todo el mundo me decía: «En Balaguer no hay guerra, ve hacia Balaguer». ¿Y qué tenía que hacer yo? Ir en dirección contraria, claro. Yo quería ver la guerra. Qué le vamos a hacer: inconsciencia de la juventud.

Así, una mañana poco antes de San Juan tomé el camino en dirección contraria: en lugar de ir hacia el campanario del Santo Cristo de Balaguer, la referencia era el perfil bien recortado de la sierra del Montroig, coronada por riscos de roca roja. Circulé entre masías dispersas, atravesé el pequeño pueblo de Gerb y, tras recorrer una carretera muy recta que deslizaba entre sembrados de maíz y de alfalfa, llegué al embalse de San Lorenzo: un gran lago artificial rodeado de bosques espesos.

Lo primero que me sorprendió fue ver un grupo de soldados ociosos, tumbados en la hierba junto a cuatro cañas de pescar. Fumaban y charlaban con indiferencia.

–Ayer, Alfredo pescó un barbo.

–Sí, no estaba mal.

–Era repugnante. En esta mierda de río no hay truchas.

–¡Quién pescara una buena trucha!

–No os quejéis. Siempre será mejor un barbo que la mierda de rancho que nos da Franco...

De repente, la conversación se detuvo. Me habían visto. Uno de los soldados, barbudo y rubio, me dijo:

–¿Qué quieres, niño?

–Yo –le respondí– vengo de Balaguer.

–Pues regresa.

–Venía a ver la guerra...

–Pues ya la ves. Nosotros cuatro contra los malditos barbos. Y la estamos perdiendo. No pican...

Todos se rieron y yo, humillado, volví a la bici y continué. El camino seguía paralelo al lago, tras las sombras de una hilera de cipreses. Un kilómetro más allá, estaba el pequeño pueblo de San Lorenzo. Dejé la bici, entré en la taberna y me llevé la sorpresa de que era tan pacífica como las de Balaguer: el dueño tras un mostrador oscuro, estantes con botellas y soldados jugando en una mesa de dominó y dos de cartas. Salí a la terraza. Abajo, junto al lago, otro grupo de soldados lavaban ropa y la tendían en las ramas de las adelfas.

¿Y la guerra? ¿Dónde se escondía? Estaba perplejo. En teoría, al otro lado del lago, apenas a doscientos metros, se encontraban las tropas rojas, con cañones y ametralladoras. ¿Por qué nadie disparaba? ¿Por qué no había gritos, acción y heroísmo? Vi unas manchas de colores que se movían en la otra orilla del lago, en medio del bosque. Eran soldados rojos. También tendían ropa.

Proseguí. El camino entraba en un bosque de álamos y llegaba a un lugar conocido como el Desfiladero, donde, entre dos peñascos, apenas había una veintena de metros de un margen del río al otro. Ya era mediodía, el sol era alto y abrumador, y un grupo de soldados se habían quitado la ropa para zambullirse en el río. Jugaban, salpicaban, gritaban, se pasaban una pelota y se reían de mil bromas. Por si aquello no fuera lo bastante asombroso, descubrí que en el agua había una mezcla de soldados nacionales y rojos. Unos y otros, en vez de dispararse tiros y arrojarse bombas, se mezclaban alegremente.

Me acerqué a un soldado que fumaba sentado en la cepa de una encina. Le dije:

—Los de la otra orilla ¿no son los rojos?

—Así los llaman.

—¿Y no estamos en guerra? —insistí.

El soldado me miró y respondió:

—La guerra es una cosa de los de arriba.

—¿Qué quieres decir?

—Que la guerra es de los políticos, los generales, los ricos... Nosotros, los soldados, nunca estamos en guerra. Solo obedecemos órdenes, porque no tenemos más remedio...

—Pero los rojos...

—Los rojos son iguales que nosotros.

—Los rojos asesinaban a sacerdotes. Mataban a mucha gente. Mi padre tuvo que huir a Francia para que no lo liquidaran.

El soldado me miró fijamente:

—Cierto. Han matado a mucha gente inocente.

—¿Entonces?

—Los nacionales también hemos matado gente inocente —dijo encogiéndose de hombros.

El soldado tiró la colilla del cigarrillo y esbozó una sonrisa.

—¿Cómo te llamas, chaval?

—Xavier.

—Muy bien, Xavier. Yo soy Pedro, pero me llaman el Pulgas, porque soy especialista en aplastarlas. Si alguna vez te atacan, avísame. ¿Lo harás?

—Sí —respondí riendo.

—Esta es una guerra muy triste. Todo está muy embrollado. Hay bien en los dos bandos, y mal en los dos bandos. Hay justicia roja y justicia nacional, y también asesinatos rojos y asesinatos nacionales. Todo es confuso, y al final siempre pagamos los mismos. ¿Quieres que te cuente una historia?

–Sí, claro.

–Tenía dos primos hermanos en Barcelona que trabajaban en el textil. Ambos eran viajantes: recorrían España vendiendo ropa. Cuando estalló la guerra, uno de ellos estaba de viaje en Andalucía y el otro en Madrid. Cosas del azar. Al de Madrid le reclutaron los rojos y al de Andalucía los nacionales. Los llevaron a ambos a la batalla por Madrid. Uno estaba en un lado de la trinchera y el otro en el lado opuesto. Ellos no lo sabían, pero cada vez que disparaban un tiro, podía recibirlo su propio hermano...

Tragué saliva y dije:

–¿Y cómo acabó la historia?

–Como acaban siempre estas absurdas estupideces. Murieron los dos.

El Pulgas escupió y encendió otro cigarrillo. Dijo:

–O sea, que lo mejor que podemos hacer es bañarnos y divertirnos, mientras podamos y no vengan los tenientes, los coroneles y los generales a imponer su asquerosa disciplina.

Esa noche, antes de dormirme, reflexioné sobre las palabras del Pulgas. ¿Era cierto que la guerra solo la querían los poderosos? ¿Tenía algún sentido que los hermanos se mataran entre ellos? Lo que parecía claro era que los rojos –o, al menos, los soldados rasos– no eran tan malos y perversos como me contaba mi padre.

Durante los días siguientes, seguí pedaleando por San Lorenzo y me enteré de cómo se vivía en la zona. Los oficiales de los dos ejércitos apenas aparecían, y los soldados aprovechaban para divertirse juntos y hacerse favores. En el lado de los rojos había escasez de tabaco, y en el de los nacionales de chocolate, azúcar y café: en consecuencia, hacían intercambios muy beneficiosos para ambas partes. Entre todos se había establecido también un sistema de reparto de correo: si un soldado nacional tenía una carta para un amigo, esposa, padre o madre de la zona roja, los soldados rojos la enviaban. Y al revés, lo mismo.

Un día, al cabo de una semana, fui más allá de la zona de baño. El camino entraba en una llanura y seguía el río hasta Camarasa. Llegué al pie del llamado puente del Pastor, que había sido volado por los rojos en retirada tres meses antes. Quedaban en pie los pilares y parte de los arcos. Por abajo, el Segre era ancho, pero apenas alcanzaba un metro de profundidad. Y allí, bajo el puente, atravesando el río con el agua hasta los muslos, vi por primera vez a Mateo.

Yo estaba apoyado en un fresno, con la bicicleta, y Mateo se me acercó. Estaba a punto de cumplir dieciséis años, dos más que yo, pero tenía mi misma altura, aunque era muy corpulento y musculoso: se notaba que estaba acostumbrado a trabajar en el campo. Se había quitado los pantalones para cruzar el río, y mientras se los ponía de nuevo me miraba de reojo.

–¿Qué haces por aquí, chaval? ¿Pasear?

–Sí. Es un día agradable.

–¿No sabes que hay guerra por ahí? Podría herirte una bala perdida...

Me di cuenta de inmediato de que se estaba burlando de mí. Le respondí:

18

–He oído que traen chocolate delicioso desde Barcelona...

–No eres del todo burro, por ser un hijo de papá.

Me miró con socarronería y me sonrojé. ¿Por qué será que, a los hijos de papá, nos avergüenza tanto serlo? Pero mi ropa cara, mi peinado y mi bici me delataban. Mateo iba sucio, llevaba la ropa cubierta de remiendos y su cabello era graso y largo. El vello de la barba incipiente le oscurecía las mejillas. Y un detalle: llevaba pantalones largos. Antes, la moda infantil era diferente: todos los niños llevaban pantalón corto hasta los trece o catorce años. Ponerse pantalones largos era como un ritual del paso a la edad adulta. Yo llevaba aún pantalones cortos y Mateo largos: mi situación era como para estar acomplejado.

Mateo se acercó a la bici y la observó con interés.

–Uau. ¿Cómo van los piñones?

–Se cambian con esta palanca.

–¿Puedo probarla? –preguntó.

–Por supuesto.

–Gracias. Esto es buena señal –dijo Mateo guiñándome el ojo–. Los hijos de papá de verdad suelen ser una pandilla de egoístas. Quizá seas distinto.

Dio un paseo por el camino y aprendió a cambiar los platos y los piñones. Se cayó una vez, y otra se empotró contra una roca. Se rio y entendí que era un chico amable y de buena pasta.

–¿Cómo te llamas?

–Mateo –respondió–. Vivo en una casa al otro lado del río, tras aquel cerro.

–Ya. En territorio de los rojos.

Mateo sonrió y dijo:

–¿Rojos? Querrás decir 'republicanos'.

–Mi padre os llama 'los rojos'.

–Ya veo. ¿Y tú? ¿Dónde vives?

–Me llamo Xavier y vivo en una torre, en este lado del río, cerca de Balaguer.

–En territorio de los fachas.

Yo repliqué:

–¿Fachas? Querrás decir 'nacionales'.

–Mi tío os llama 'los fachas'.

Ambos nos reímos a la vez. Mateo añadió:

–¿Rojos o fachas? Todo depende del color del cristal con que se mire. Vosotros sois los fachas o nacionales, depende. Y nosotros somos republicanos o los rojos, según quién hable. Deben ser cosas de la guerra...

Le tendí la mano:

–¿Amigos, rojo?

Encajamos y Mateo dijo, de manera solemne:

–Amigos, facha.

Y ese fue el origen de una gran amistad.

3. El coronel Tapias

El nuevo destino de mi padre era la central hidroeléctrica de Camarasa, situada unos doce kilómetros al norte de Balaguer, sobre el río Noguera Pallaresa. La conocía muy bien porque pertenecía a La Canadiense, la empresa donde había trabajado antes de la guerra. Mi padre compartiría el trabajo con un inglés excéntrico a quien había conocido años atrás en Barcelona: el ingeniero Joseph Smith.

Cuando me enteré, le dije a mi madre:

–Me gusta que papá vuelva a trabajar con la electricidad.

–Y a mí –contestó–. Ahora todo será como antes de la guerra.

–No lo creo –repliqué–. ¿Por qué sigue llevando uniforme militar?

Mi madre se encogió de hombros y estuvo a punto de decir algo, pero se reprimió en el último momento. Creo que ella conocía la respuesta, pero prefirió no decírmela porque imaginaba, y con razón, que me desagradaría. Pero no importaba: esa misma noche, mi padre respondió sin ser preguntado. Fue en el curso de la cena donde conocí a otro de los protagonistas de esta historia: Francisco Tapias, coronel de la Legión.

Mi padre le invitó a cenar para celebrar una buena noticia: el general Franco acababa de ascenderle a capitán. Sería el capitán Casas. El ascenso demostraba hasta qué punto era importante la misión que se le había encargado en la central hidroeléctrica de Camarasa. Mi padre llevaba el nuevo uniforme con orgullo y, cuando el coronel Tapias llegó en un Jeep conducido por un soldado, se plantó ante él con un taconazo muy marcial y le saludó militarmente con tanta formalidad como había visto hacerlo a los soldados nazis en los noticiarios del cine. El coronel Tapias se quitó la gorra y le dijo:

–Descanse, capitán Casas. Y, ahora, veamos lo que nos ha cocinado su encantadora esposa.

Besó la mano de mi madre con mucha ceremonia, y observé que ella le devolvía un mohín de íntima y disimulada repugnancia. Después, el coronel se plantó delante de mí y me ofreció la mano.

–Saluda al coronel –dijo mi padre.

–Tiene un hijo muy apuesto, capitán. Seguro que servirá bien al Generalísimo Franco y a España.

Estreché su mano y me estremecí: era fría e informe como un pedazo de merluza. Entonces le observé con atención y entendí la repulsión con que le había tratado mi madre. Tenía un cabello rubio con manchas blancas, bajo el que se perfilaba un cráneo deforme: la parte de la derecha la tenía hundida y cruzada por una cicatriz de cuatro dedos. Su ojo izquierdo era de madera, fijo y negro. La nariz era larga y afilada, y sus labios dibujaban una sonrisa sarcástica y cruel. Llevaba el pecho cubierto de medallas, todas premios al valor y todas importantísimas. Le faltaba la mano derecha y en su lugar tenía un garfio articulado. Cuando, años después, se estrenó el *Peter Pan* de Walt Disney, el Capitán Garfio me pareció casi un angelito comparado con el coronel Tapias.

La cena fue formal y aburrida. Yo notaba que mi padre y el coronel Tapias tenían un montón de temas interesantes sobre los que hablar, pero se reprimían delante de mí y de mi madre. Solo en los postres, cuando la botella de vino tinto ya estaba vacía, el coronel se soltó e inició una conversación con un poco de chicha.

–Tiene que contarme, capitán Casas –dijo–, sus conversaciones con el Generalísimo.

–No hay mucho que decir. Es un gran hombre...

–Grande no. Inmenso. ¡El general más joven de la historia de Europa, después de Napoleón! Y un estratega colosal. Por eso me intriga el encargo que le ha hecho. ¿Nuestro Generalísimo cree que la guerra pueden ganarla los ingenieros, y no los militares?

–No se trata de disciplinas incompatibles –replicó mi padre–. Yo soy ingeniero y militar.

–Pero el Generalísimo Franco se interesó por usted como ingeniero.

–Cierto.

–¿Y por qué?

–Porque nuestro Generalísimo es un hombre muy inteligente. Conoce la importancia de la técnica.

–¡Qué grande es nuestro Generalísimo! –repitió el coronel, con una reverencia–. Es el más grande. ¿Pero qué tiene que ver todo esto con la central hidroeléctrica de Camarasa?

–Tenemos que evaluar la posibilidad –respondió mi padre– de utilizarla en la guerra.

–¿Una central eléctrica? Las guerras se ganan con disparos y con bombas.

–En parte, sí.

–Y se ganan con sangre y con el sacrificio de los hombres. Recuerde el lema de la Legión: «Viva la muerte».

Mi madre, de repente, intervino:

–¿No es contradictorio? ¿Puede vivir la muerte?

El coronel Tapias dirigió a mi madre una mirada glacial, esperó unos instantes en silencio, tomó un traguito de vino y siguió, como si no hubiera oído nada:

–Tendrá que perdonarme, capitán, pero estoy muy intrigado por su presencia en Camarasa. No acabo de pillar qué tipo de arma secreta puede haber allí. Y lo mismo les ocurre al resto de oficiales.

–Lo entiendo. Pero ahora no es el momento de contárselo.

–¿Tan secreto es?

–Muy secreto. Después de cenar le explicaré los detalles con mucho gusto.

El coronel Tapias esbozó una sonrisa, llenó hasta arriba su copa de vino y cambió de tono. Se volvió hacia mí y dijo:

–Seguro que este chico, Javier, querrá conocer otros detalles relacionados con la guerra. Con la épica, el heroísmo, el valor. ¿Verdad?

–¿Usted ha estado en muchas guerras? –le pregunté con afán de cotilleo.

–Antes de esta, en la de África, contra los malditos moros. Conocí allí el Generalísimo y combatí con él, codo con codo. ¡Qué hazañas! ¡Qué temeridades! Fue allí donde perdí ese ojo.

Señaló su ojo de madera y añadió:

–A veces me parece que todavía veo un pedazo de desierto reseco. Como si el ojo que me arrancaron los moros me enviara señales –rio con estrépito–. ¿Quieres saber cómo lo perdí?

–Sí, claro –respondí muy aprisa, porque ya me picaba la curiosidad.

–Debía ser allá por el año 1922, cuando la guerra estaba en el punto más crudo y los moros de Abd-El-Krim nos acosaban y perseguían como conejos por las cordilleras resecas del Rif. Yo era entonces un teniente recién salido de la academia. Me enviaron a un blocao, una especie de pequeño fuerte, en las laderas del Bou Mernin. Era un lugar infernal, donde caía un sol de justicia y solo crecían matorrales grises, cactus y chumberas. Una noche, los moros cortaron nuestras comunicaciones y nos sitiaron durante una semana. Sin una gota de agua, tuvimos que empezar a bebernos nuestros orines. Hasta que una noche oscura atacaron. Resistimos más de cuatro horas, pero nosotros éramos una veintena y ellos más de doscientos. Yo fui el último superviviente, pero no me rendí, y si estoy vivo todavía es porque el jeque de los moros dio órdenes de rodear el blocao y capturarme vivo. Cuando entraron en tropel no me quedaba ni una bala, pero me defendí aun a puñetazos y patadas hasta que uno de ellos me atizó un culatazo. Al día siguiente me desperté al mediodía, con la cabeza que me pesaba como una losa de mármol y atado de pies y manos al palo de una *khaima,* que es como los moros llaman a sus mugrientas tiendas de campaña, hechas con pieles y mantas, que siempre echan peste a cordero.

El coronel lo explicaba todo con un buen repertorio de gestos y muecas. Lo tenía bien ensayado. Continuó:

–Al abrir los ojos, oí gritos y disparos al aire, y enseguida entró el jeque de los moros, que tenía fama de cruel, llamado Abdul Latif. Tenía los ojos negrísimos y una barbilla de chivo terminada en punta. Me dijo: «¿Sabes cuántos de mis hombres han muerto esta noche, maldito desgraciado?». Repliqué: «Si me hubieran quedado más balas, un millar, al menos». Me pegó un puñetazo y dijo: «Calla, perro infiel. Tengo treinta y dos muertos y once heridos por tu mierda de blocao. Quiero mucho a mis hombres: esto lo pagarás caro». El moro asqueroso, al menos, era lo bastante listo como para percatarse de que topaba con un héroe. Pero no me serviría de nada su reconocimiento. Me dijo: «He ordenado que te capturen vivo porque quiero que tengas la muerte lenta y dolorosa que te mereces. ¿Sabes que en el Rif conocemos el sistema de ir cortando a un prisionero en pequeños trocitos hasta que no queda casi nada, y que lo hacemos tan bien que puede durar hasta una semana? Te aseguro que cuando acabe contigo te arrepentirás de no haberte pegado un tiro tú mismo esta noche». Yo contesté: «Los soldados españoles luchan siempre por su patria. Hasta la última gota de sangre». Y le escupí. Abdul Latif rio, y ordenó: «Empezad. El ojo izquierdo».

El coronel Tapias se detuvo para conseguir el adecuado efecto dramático. Se señaló el ojo diciendo:

–Este.

Yo estaba impresionado. Empezaba a pensar que me había equivocado al juzgarlo y que el coronel era un verdadero héroe.

–¿Y cómo se salvó usted? –intervine.

–Me sujetaron la cabeza entre dos hombres, y un tercero se acercó con una cuchara de madera. Yo no forcejeé: sabía que era inútil y quería dar una lección a aquellos moros, demostrarles que no hay huevos como los de los españoles. Me concentré, noté la presión en el ojo y un dolor brutal, pero no grité. El moro de la cuchara me mostró el ojo ensangrentado y le escupió. Me pegó otra colleja y dijo: «Maldito canalla. ¡Vamos por el otro!». Yo pensaba en qué hacer para ganar tiempo. Sabía que las tropas del general Sanjuán estaban cerca y necesitaba entretener e esos moros si no quería convertirme en ciego para siempre. Tras un par de pufs de un rincón de la *khaima*, había un tablero de ajedrez. Dije: «Abdul, a ver si tienes valor. Te reto, tú y yo solos». El moro me respondió con desprecio: «Encantado. ¿Qué quieres? ¿Pistola? ¿Sable? ¿Puños?». Y yo le respondí: «Ajedrez. ¿Sabes jugar?». Me respondió que un poco y yo le dije que también: «¿Qué nos jugamos?», pregunté. «El tiempo que dure la partida», respondió, sarcástico, ignorando que a lo que yo aspiraba era justamente a ganar tiempo. Me desataron las manos y comenzamos. Fue una partida larga, que estiré pensando exageradamente algunas jugadas. A las dos horas estaba a punto de sufrir jaque mate. Pero Abdul no tuvo tiempo: el regimiento del general Sanjuán irrumpió en el campamento moro y me salvé...

–... por una partida de ajedrez –completó mi padre.

–Me llevé el tablero y las piezas a mi casa –añadió Tapias–, pero llevo siempre encima un recuerdo.

El coronel se llevó la mano al ojo izquierdo, se quitó el ojo postizo y me lo pasó. Lo estudié: era una bolita de madera negra, con una rayita en relieve.

–Es una parte del alfil negro. Yo jugaba con negras.

Tapias volvió a ponérselo y me miró.

–Me da suerte.

Entonces sonreí y le miré de manera muy diferente que antes de su sorprendente narración. El coronel llevaba la guerra no solo en el uniforme, sino en el cuerpo entero: en el ojo postizo, el garfio, el cráneo deformado... Él era la guerra. Y, por tanto, en momentos concretos, era capaz de despertar la vivísima fascinación que un niño de catorce años, como yo era entonces, siente con la máxima intensidad. Batallas, disparos, hazañas, héroes, victorias, aplausos, medallas, prestigio, carisma... Esa era la cara amable de las luchas sangrientas, e intuí que hasta el coronel Tapias, como la guerra, podía llegar a inspirar estima y fidelidad: por eso era tan peligroso.

Y por eso me preocupé cuando vi que también mi padre le sonreía y, de repente, le tuteaba:

–Una historia digna de un gran héroe, Francisco.

–Gracias, capitán Casas.

–Y ahora, hablemos del arma secreta –dijo mi padre–. Javier, a dormir.

Mi padre y el coronel Tapias se sentaron en un rincón al fondo del comedor, donde había dos sillones de cuero, y se sirvieron sendas copas de coñac. Apenas oía el leve murmullo de sus palabras. «El secreto», pensé. Aquel rincón era el mundo de los adultos, que todavía me estaba vedado.

Me retiré por el pasillo hacia mi habitación, me desnudé y me metí en la cama. Escuché. Había una calma insólita. Ni disparos ni explosiones en el otro lado del río. Los soldados parecían cansados de tanta guerra y volvían a ocupar su lugar en la noche el eterno canto de los grillos y el monótono croar de las ranas.

4. La rebelión

Los días de verano transcurrían a un ritmo lento y delicioso. Me encontraba con Mateo, nadábamos en el río, divagábamos y nos hacíamos amigos de los soldados de uno y otro bando. Y es que Mateo me hizo atravesar el río y me guio hacia la zona roja, hasta el pueblo de Camarasa y las masías de los alrededores. Los soldados rojos eran exactamente iguales que los fachas: jugaban a cartas, fumaban, se aburrían, tenían miedo de que la guerra recomenzara y añoraban a sus familias.

También conocí a un montón de amigos de Mateo: Carlos el Vago, que pescaba carpas aguas arriba de Camarasa; el Rubio, pastor de ovejas, y Patricio, que conducía un coche destartalado pese a no tener carnet. Y también una amiga: Inma Tugues, hija de Pedro Tugues, dueño de la taberna de San Lorenzo donde hacíamos tertulia y jugábamos al dominó y a las cartas.

¿Por qué congeniamos tan bien Mateo y yo? Supongo que porque éramos del todo opuestos. No quiero jugar a la paradoja fácil, pero a menudo las personas nos llevamos mejor con los caracteres opuestos que con los semejantes. La historia de Mateo y mía es muy vieja: la del hijo de papá rico que se hace amigo del vagabundo pobre. Si la hemos visto en miles de libros y películas, será que hay una razón profunda para que se produzca. Yo admiraba a Mateo porque podía vestir ropa sucia y harapienta, porque no tenía padres que lo controlaran, porque vagaba con absoluta libertad, porque no iba a la escuela, porque sabía trucos para ganar dinero, porque conocía palmo a palmo San Lorenzo y Camarasa, y porque era lo bastante diestro como para cazar conejos en los huertos o ranas en el río.

La vida de Mateo era opuesta a la mía y, por tanto, me deslumbraba y la idealizaba. Con los años he captado que la relación de Mateo conmigo era simétrica: él me admiraba porque siempre iba limpio, llevaba ropa de calidad y olía a colonia, porque tenía una padres que me querían, porque era un buen alumno en la escuela y sabía leer en latín, porque tenía una bicicleta de profesional, porque en casa había criada y porque conocía Barcelona y había viajado por España y Francia.

La calma y la felicidad terminaron un día, en San Lorenzo, a la puerta de la taberna. Un Jeep se acercaba por el camino, entre una nube de polvo. Tuve una intuición y me escondí detrás del tronco de un plátano. El Jeep pasó de largo. No tuve tiempo de distinguir la cara del coronel Tapias en el asiento de atrás, pero sí el garfio articulado de su brazo derecho, que sobresalía por la ventana. Cuando ya suspiraba de alivio, me di cuenta de que mi bici de ciclista del Tour de Francia estaba ostentosamente aparcada delante de la taberna.

Aquella noche, a la hora de la cena, mi padre preguntó:

–¿Qué has hecho hoy, Javier? ¿En qué has pasado el día?

Me cogió por sorpresa. Mi madre permanecía callada, con los ojos fijos en el plato de sopa. Empecé a hablar deprisa:

–He estado en Balaguer. En la plaza había mercado: unos tomates buenísimos y unos pimientos que olían desde la calle de...

Mi padre frunció las cejas y entendí que lo sabía todo. De manera improvisada, rectifiqué el rumbo a media frase:

–... pero, como me aburría, he cogido la bici y he ido a San Lorenzo.

–¡A San Lorenzo! –exclamó mi madre–. Pero... ¡allí está el frente! ¡Podían matarte!

–Tranquila. No es para tanto...

–¿No?

–Bueno. No... no hay disparos, ni nada. El ambiente es agradable, junto al lago.

Mi madre estaba perpleja, pero mi padre me animó a proseguir, con una sonrisa:

–Continúa, Javier...

–Allí no hay ninguna guerra. Todo es pacífico y amable. Los soldados no utilizan armas, sino cañas de pescar. Después, encienden un fuego y, sobre las brasas, ponen la sartén y asan las carpas. Muchos se quejan de que son duras y con demasiadas espinas, y refunfuñan porque en el Segre no hay truchas...

–¿Y se bañan en el lago?

–Cada día. Lavan la ropa y, si a mediodía hace bochorno, se pegan una remojada. Y los republicanos del otro lado hacen lo mismo...

–Los rojos, querrás decir.

–Sí, los rojos –rectifiqué– también se bañan. Un día hablé con un soldado, el Pulgas, que me dijo que a uno y otro lado de las trincheras la gente es parecida y que los soldados no quieren la guerra. Hasta puede haber hermanos luchando en uno y otro bando. Explicaba que la guerra no tiene ningún sentido. Solo la buscan los políticos y los poderosos. Y a veces...

Iba a explicar que los soldados nacionales se hacían amigos de los rojos e intercambiaban tabaco por café, pero de pronto entendí que estaba metiendo la pata hasta el fondo, y que la cara amable de mi padre no era más que una máscara para sacarme información.

–Y, a veces, ¿qué? –preguntó mi padre.

–Nada.

–Veo que conoces muy bien lo que ocurre en San Lorenzo. ¿Vas a menudo?

–Sí –murmuré, bajando los ojos.

–¿Con permiso de quién?

Callé. Mi padre dijo, muy despacio:

–Hablas con quien no deberías hablar, hijo mío. Con soldados rebeldes e inconscientes que no dicen más que tonterías. Debes saber que esta guerra tiene todo el sentido del mundo. El gobierno de la República era tiránico e injusto. Daba alas a los pistoleros anarquistas. Y el general Franco es un hombre bueno: se rebeló contra la opresión y levantó una cruzada por un mundo mejor. Nosotros no luchamos por los poderosos, sino por unos principios: Nuestro Señor Jesucristo, España, el orden y la justicia. Los rojos solo quieren ateísmo, anarquía, asesinatos y caos. ¿O tengo que recordarte que tuvimos que huir de casa para que no nos asesinaran? ¿Ya no te acuerdas?

–Sí, padre...

–¿Entonces?

–Eran rojos malos. En todas partes hay malos. Supongo que también entre los nacionales. El coronel...

Iba a decir «el coronel Tapias», pero me reprimí a tiempo. Y añadí, sin ton ni son:

–Mateo dice...

–¿Mateo? ¿Quién es Mateo?

–Un chico que he conocido. Un... rojo.

De repente, mi padre tiró la servilleta y exclamó:

–¡Basta! ¡Esto es el colmo! No volverás a ir a San Lorenzo.

–Pero Mateo...

–No volverás a ver este Mateo, ni al Pulgas, ni a ningún rojo. ¿Queda claro?

De repente, extraje un extraño valor de no sé dónde y le miré fijamente a los ojos. Y articulé:

–No.

Lo dije en voz muy alta y muy clara. De pronto, se habían desvanecido todas mis dudas y miedos. Mi madre me miró con los ojos como platos: nunca había desafiado a mi padre. Y antes de que él reaccionara de forma violenta, mi madre intervino:

–Xavier, castigado sin cenar.

Me levanté y corrí a la habitación. Me tiré sobre la cama y me puse a llorar, pero no era solo de arrepentimiento o frustración: también de rabia contenida ante lo que consideraba una injusticia.

Cuando me calmé, escuché con atención. Además del cricrí de los grillos y algún disparo lejano, oía el susurro de los padres en el comedor. Era muy bajo de volumen pero muy alto de tono, porque mi padre y mi madre no se ponían de acuerdo. Ni en cuanto a mí, ni en cuanto a otras cosas. Discutían a menudo, cosa que antes, en los felices tiempos de Barcelona, nunca ocurría. ¿Por qué? Yo, poco a poco, lo había ido descubriendo: mi padre había cambiado al ponerse el uniforme de militar y convertirse en teniente primero y capitán después. Desde que conversaba con el Generalísimo Franco e invitaba a cenar al coronel Tapias, todo era diferente.

Cuando ya estaba medio dormido, oí el chirrido de la puerta que se entornaba. Entró un poco de luz del pasillo y distinguí la silueta alta y poderosa de mi padre. Se acercó a la cama, se sentó y dijo:

–Que sea la última vez que me contestas así.

Su tono era frío y autoritario. No esperó respuesta.

–Estarás tres días castigado sin salir de la torre. ¿Entendido?

–Sí.

–Y cuando terminen esos días, no volverás a San Lorenzo. Basta de rojos. ¿Queda claro?

No contesté. Él se levantó y se marchó sin darme un beso, sin siquiera esbozar una carantoña. Su frialdad me hirió, pero al mismo tiempo me dio fuerzas para mi propósito. Lo había decidido: sería un rebelde. ¿No decía mi padre que el general Franco había hecho bien levantándose contra la injusticia de los rojos? ¿No justificaba el Alzamiento Nacional, que era una desobediencia? Pues yo

también tenía argumentos para rebelarme contra otra injusticia: la suya.

La cabeza me funcionaba a mil por hora, con imágenes,
palabras y argumentos que no había pronunciado en voz
alta, pero que se me presentaban de manera vívida. Ya era
tarde cuando me incorporé, encendí la luz de la mesilla de
noche y exclamé, en voz alta:

—Padre, te desafío. Te desafío y te venceré.

Dicho esto, me sentí repentinamente aliviado. Y me
dormí en un instante.

5. La bicicleta vieja

Lo peor no fue cumplir el castigo y pasarme tres días encerrado en la torre, sino descubrir que la conversación con mi padre había cambiado, en cierto modo, el curso de la guerra. Al día siguiente, tras el desayuno, noté que había mucho movimiento en la carretera de Balaguer hacia Gerb y Camarasa. Primero pasó un camión, luego una moto y después un convoy de cuatro camiones llenos de soldados. Caminé hasta el límite de la finca, inquieto, y no tardé en oír lo que temía: disparos, ráfagas de ametralladora y explosiones. San Lorenzo y su lago habían dejado de ser lugares idílicos de compañerismo y amistad entre soldados republicanos y nacionales (o rojos y fachas), para convertirse en un campo de batalla donde era mejor no asomarse si uno no quería recibir una bala perdida o un pedazo de metralla. Me preocupaba pensar en Mateo, que no podría cruzar el río para divertirse en San Lorenzo, y en el Pulgas, que se vería obligado a disparar contra los soldados con los que había jugado el día antes al dominó.

En todo esto pensaba cuando distinguí un Jeep bajo los chopos de la carretera de Balaguer. Antes de pasar de largo, frenó, giró a la derecha y entró por el camino de la torre. Lo reconocí en seguida: era el Jeep del coronel Tapias. Bajó y me habló con una gran sonrisa:

–Buenos días, Javier. Mi felicitación.

Iba a mostrar mi sorpresa cuando se quitó la gorra con un gesto ceremonioso.

–Buenos días, señora Casas.

Me di cuenta de que mi madre había salido de la torre y se había colocado silenciosamente detrás de mí.

–Buenos días, coronel –dijo–. ¿Qué le trae por aquí?

–Voy camino de San Lorenzo y Camarasa. Hay que poner orden a las tropas de ese sector. Su marido me ha informado de que reina la indisciplina y que algunos de nuestros soldados confraternizan con los rojos y hasta comercian con ellos. ¡Es intolerable!

–Usted prefiere que se maten unos a otros...

Mi madre pronunció estas palabras con ironía, pero el coronel no se percató y añadió:

–¡Exacto! Esto es una guerra. Y me ocuparé personalmente de que los soldados sean agresivos y despiadados. Puede estar satisfecha, señora. No solo su padre está haciendo un gran servicio al Generalísimo con su trabajo con Mr. Smith. Su hijo también nos ha sido de gran ayuda denunciando a los soldados tibios con los rojos. Javier, ¡eres muy bueno como chivato!

38   Alargó el garfio como para acariciarme la mejilla, pero me aparté.

–Impresiona, ¿verdad? –dijo, mirándose el garfio–.

Bien, chico. Mejor que estés preparado. Quién sabe si, más adelante, necesitaremos de nuevo tus servicios de espía.

Estaba a punto de responder abruptamente, pero un pellizco de mi madre en el brazo me obligó a ser prudente.

–Podría ser, coronel –murmuré.

–Javier –dijo mi madre– ayudará en todo lo que pueda. Ya lo sabe.

Cuando el coronel desapareció, mi madre suspiró y yo comenté:

–Es odioso, ¿verdad?

Pero ella no respondió. Suspiró de nuevo y regresó a la torre. ¿Qué opinaba mi madre sobre el coronel Tapias? Me lo figuraba: no soportaba ni su garfio, ni su crueldad, ni sus discursos sobre disciplina militar y heroísmo. Pero no podía manifestarlo de forma clara por la amistad que unía al coronel y a mi padre. Sufría un conflicto de fidelidades: o era consecuente con sus ideas o se mantenía fiel a su marido. Ante el problema, su reacción era la habitual en la mayoría de la gente: mirar hacia otro lado, callar y esperar a que el tiempo (el gran médico que todo lo cura) le ahorrara enfrentamientos o decisiones desagradables. Mi madre, en silencio, sufría. Y lo sé por una conversación que mantuvimos al día siguiente por la noche.

Mi padre tenía una reunión hasta tarde en Balaguer y, después de cenar, mi madre y yo salimos a tomar el fresco en unas tumbonas, junto a la balsa. A esa hora, soplaba la brisa. La noche era clara y en el firmamento había una media luna brillante y plateada. De repente, mi madre dijo:

–¿Vamos a buscar luciérnagas?

Acepté con entusiasmo, porque las luciérnagas me llevaban de un salto a la época más feliz de mi vida. Recordaba la primera vez que había tenido en la palma de la mano una luciérnaga. Tenía cinco años y, en aquella ocasión mágica, me acompañaban mi padre y mi madre: yo no cabía de contento sintiendo mi mano derecha en la de él, y la izquierda en la de ella. Buscar luciérnagas, recogerlas en un trozo de periódico y depositarlas al pie de un pino junto a la torre se convirtió, en veranos posteriores, en un ritual casi sagrado.

Pero aquel año, por vez primera, no habíamos ido. Quizás mi madre había esperado a que mi padre lo propusiera, pero él estaba demasiado atareado con Mr. Smith, los militares y el coronel Tapias.

Caminamos en silencio junto a la acequia y rebuscamos entre los matorrales espesos de los márgenes, donde solían esconderse las luciérnagas. Mi madre apartaba las hojas con un bastón.

—Tú no has cambiado, madre —dije.

—Soy más vieja —dijo ella, sonriendo—. Cada año, un año más vieja.

—No me refería a eso...

—¿A qué te referías, pues?

—Siento nostalgia de cuando era pequeño y éramos felices buscando luciérnagas.

—¿Quieres decir que añoras a tu padre? —dijo mi madre con firmeza.

Callé. Reinaba un silencio extraño, sin los chasquidos de los disparos o de las bombas del otro lado del río. Se oía el rumor monótono de los grillos, como si de pronto se hubiera terminado la guerra.

–Tu padre está en Balaguer –prosiguió mi madre–. Ya volverá.

–No me refiero a eso. Quiero decir que ha cambiado, con Franco, con Tapias. Que es como si no estuviera...

–¡Shhht! –me interrumpió–. Silencio, porque podrías arrepentirte de haber hablado demasiado. Es verdad que tu padre se ha alejado de nosotros. Son cosas que pasan. Pero hay que esperar. La gente que se marcha, regresa uno u otro día. Hay que ser paciente.

Cogió una luciérnaga y me la mostró. Inmóvil, medio enroscada, ya no me parecía un hada alocada ni un duende encantado, como cuando era pequeño. Solo era un gusano algo asqueroso con una luz verde en el culo.

No contesté y regresamos en silencio. Después me di cuenta de que mi madre me pedía algo imposible: a los catorce años es muy difícil ser paciente. La adolescencia es la edad de la impaciencia, para con todo y para con todos.

Al cuarto día acabó el castigo. Podía salir de la torre, pero nunca en dirección a San Lorenzo, me recordó mi madre. Cogí la bici hasta Balaguer, pasé bajo los soportales de la calle de Abajo y me enfurruñé, sentado en un banco de la plaza. La gran pregunta era: ¿cómo ingeniármelas para burlar la prohibición de mis padres? ¿Cómo volver a visitar a escondidas a Mateo, al Pulgas y a los demás? Mientras rumiaba, un grupito de cuatro niños se detuvo ante mi bici del Tour de Francia para admirarla. Dos abuelos que pasaban por ahí los imitaron y después me observaron como si fuera un bicho raro. Me preguntaron quién era y respondí:

–Mi padre es José Casas.

Sonrieron, satisfechos, y se fueron. Pero pronto llegaron más niños y más mayores a cotillear. De pronto, se encendió una lucecita en mi cabeza: «Claro –pensé–, mientras yo sea diferente, todo el mundo se fijará en mí. Pero si soy igual que ellos, podré ir donde quiera y nadie se dará cuenta». Al fin y al cabo, el coronel Tapias había descubierto que estaba en la taberna de San Lorenzo por mi bici de corredor, que era única. También era única mi ropa: los pantalones cortos bien planchados, la camisa blanca y perfumada, los calcetines de algodón y los zapatos relucientes. ¡Si quería burlar la prohibición, tenía que disfrazarme!

Me puse enseguida manos a la obra. Subí por la calle Barrionuevo, hasta la zona de huertos. Sin que nadie me viera, busqué un pedrusco grande y pesado. Apoyé la bici entre dos pinos, me concentré y descargué un solo golpe en la rueda. Quedó totalmente deformada. Intenté hacerla rodar. Era imposible.

Volví a la torre andando y arrastrando la bici a mi lado. A mi madre le conté que se había doblado la rueda por culpa de una caída y se lo tragó. Después hablé con Manuel Segarra, el viejo arrendatario de la torre, que tenía una bici vieja en la cuadra de los asnos. No hubo ningún problema.

–¿La quieres? –me dijo, perplejo–. Toda tuya, si aguantas el hedor.

–La limpiaré y listos. Pero solo un poco.

–¿Un poco?

–Sí, un poco.

La bicicleta no podía parecer demasiado limpia si tenía que pasar desapercibida. Hoy en día, las cosas viejas se tiran y se compran otras nuevas a gran velocidad, pero en los años treinta todo se arreglaba, porque lo nuevo era carísimo. Me pasé la tarde reparando la bici vieja. Ajusté los frenos delanteros (detrás no había y frenaba con la suela del zapato contra el neumático), tapé los pinchazos de las cámaras e hinché las ruedas. El asiento estaba deshilachado y el cuadro era de un color indefinido entre negro y marrón oxidado, pero era lo que buscaba: una bici vulgar, que no llamara la atención del coronel Tapias ni de nadie.

Resuelto el asunto bici, me quedaba el problema de la ropa. No podía decirle a mi madre: «A partir de ahora, he decidido que vestiré como un niño pobre. Quiero ir sucio, oler mal y ponerme ropa vieja y andrajosa». Así que tendría que espabilar por mi cuenta, con el dinero de la hucha y a escondidas.

Al día siguiente, montado en la bicicleta vieja y con un zurrón al hombro, volví a Balaguer e investigué en las tiendas de ropa del barrio más miserable del pueblo, entre la calle la Botera y la escalera que sube a Santa María. Al final, terminé en una casa en lo alto de la calle del Torrent, junto a la muralla, a donde iban los mendigos y los vagabundos a abastecerse. Fue perfecto. Por poco más de una peseta, obtuve unas alpargatas de esparto embarradas, unos pantalones de pana que me iban muy holgados, una camisa de lino gris cubierta de lamparones y un cinturón de cuero que funcionaba con un nudo. Y, de propina, lo mejor del lote: una gorra de color marrón de las que utilizaban los obreros de la azucarera. Me la probé frente a un espejo y era perfecta: si bajaba la visera, casi no se me veía la cara.

Tenía preparado el disfraz, pero no podía acercarme a San Lorenzo hasta que aflojaran los tiroteos entre los dos bandos. Cada día me levantaba, me acercaba a la carretera y escuchaba el rumor de guerra que venía del norte. Tres días tardé en encontrar el silencio. Entonces, feliz, mentí a mi madre:

–Me voy hacia Balaguer.

Embutí la ropa vieja en el zurrón, cogí la bicicleta y enfilé la carretera. Cuando ya nadie podía verme desde la torre, me detuve, me cambié de ropa y ensucié la cara amasando polvo del camino y saliva. Después, me desvié por un camino lateral y me dirigí hacia el norte, hacia San Lorenzo, con la vista clavada en los riscos del Montroig. Pedaleé ansiosamente hasta el lago, me deslicé junto a los cipreses que lo bordean y penetré en el bosque que conducía al pueblo. No se veían soldados pescando, ni fumando, ni tomando el fresco, pero tampoco se oían disparos ni explosiones: buena señal.

Dejé la bici junto a la taberna y me deslicé hacia la terraza trasera, que miraba al lago.

–¿A quién buscas, niño?

Me hablaba el dueño de la taberna, Bernardo Tugues, un hombre gordo de pelo gris.

–Soy Xavier –le dije.

Se quitó el cigarrillo de la boca, me miró con atención y exclamó:

–¿Xavier? No te había conocido. ¿Qué haces tan sucio y andrajoso?

–Intento que no me reconozcan.

–¡Seguro que no te conocerán! Y si quieres la prueba, ve hacia la mesa del fondo y disimula –añadió, con una risa.

Me retiré cerca de la chimenea apagada y vi entrar a Mateo y Pedro el Pulgas. Ambos me miraron con indiferencia y se dirigieron al mostrador.

–Ponme un agua con limón –dijo Mateo.

–Otra –añadió el Pulgas.

–¿Adivináis quién ha venido? –preguntó Tugues.

Me levanté y me quité la gorra.

–¡Xavier!

Mis amigos me abrazaron. Tras una semana de separación, fue muy emocionante.

–¿Por qué te has disfrazado? –preguntó Mateo.

–Para moverme sin que nadie me reconozca.

–Has hecho bien –terció el Pulgas–. La última semana ha sido horrorosa. Vino un maldito coronel de la Legión y nos obligó a atrincherarnos y a disparar todo el santo día. Quizás alguien le dijo que la moral de la tropa en San Lorenzo era baja y éramos un grupo de vagos e indisciplinados. Algún chivato de mierda...

Me puse rojo como un pimiento. De repente, me percaté de que la acusación del coronel Tapias (que yo era un espía) era cierta, y que si Mateo y el Pulgas me descubrían tendrían motivos para enfadarse y retirarme la amistad. Me excusé, tartamudeando:

–Es un-una pe-pena. Yo cr-creo q-que ...

Por suerte, el Pulgas no se dio cuenta de nada.

–Pero no importa –añadió–. Este retorno a la disciplina, los tiros y la mala leche contra los rojos es una historia cíclica. Pasa de vez en cuando. El año que pasé en el frente de Aragón era igual. En general, nos hacíamos buenos amigos de los rojos, pero una vez al mes, más o menos, aparecía algún militar despiadado, normalmente lisiado y tarado, de esos que han hecho su carrera en África, y nos obligaba a volver a las armas bajo amenaza de fusilarnos. Es el caso de este imbécil de Tapias. Pero esta gentuza actúa irracionalmente, a golpes de mal genio, sin plan ni continuidad. Tan aprisa como vino se ha ido, y ahora la vida vuelve a ser la de antes.

El Pulgas y Mateo estaban radiantes de volver a verme. Ninguna sospecha, pues, y ningún reproche. Respiré, aliviado. Y ese día aprendí que el mundo es mucho más amplio y complejo de lo que nos hacen temer nuestros miedos.

6. Inma

Antes he mencionado de paso a Inmaculada Tugues, Inma, la tercera hija de Bernardo Tugues. Voy a presentarla ahora con más detalle, porque aquel día, en la taberna de San Lorenzo, me di cuenta de que tendría un papel importante en esta historia.

Por edad, Inma se situaba entre Mateo y yo: él estaba a punto de cumplir los dieciséis, yo tenía catorce y medio, e Inma estaba en los quince. Era alta, tenía brazos y piernas largas y delgadas, y caminaba de manera patosa pero divertida, como una marioneta. Tenía el pelo castaño claro, áspero y seco. Normalmente se lo peinaba con trenzas, pero cuando lo dejaba libre su cabello se rizaba y quedaba como un enorme casco muy divertido. Sus ojos eran color miel y tenía la cara muy pálida y pecosa.

Inma entró cuando su padre, Mateo y yo nos acomodábamos en una mesa a charlar. Se sentó con nosotros y se quedó durante toda la conversación, atenta pero silenciosa. El hecho ya era un cambio, porque hasta entonces siempre la había visto de forma fugaz: un encuentro, un saludo rápido y un adiós.

Mateo bromeó sobre mi talento para disfrazarme y respondí:

—Me viene de familia.

—¿Vienes de familia de actores?

—No. Mi padre es ingeniero. Se ocupa de llevar electricidad de un lado a otro desde la central de Camarasa. Y mi abuelo era campesino, en Balaguer. La habilidad para los disfraces viene de mi bisabuelo, José Casas. ¿Sabéis que en el pueblo tenemos el apodo de Los Frailecillos?

—¿Frailecillos? ¿Por qué?

—A eso iba —expliqué, divertido—. Mi bisabuelo José se puso enfermo cuando era muy pequeño. Tenía fiebres, tifus o algo parecido. Muchos morían de esas enfermedades. Como en aquella época no había medicinas eficaces, era costumbre consagrar los niños enfermos a algún santo y esperar a que obrara el milagro. A mi bisabuelo José lo encomendaron a San Francisco y, para que se notara, le pusieron un hábito de franciscano, con capucha incluida. Se paseaba por Balaguer como un fraile pequeño, y así le quedó el mote: Frailecillo. Es una bonita historia, porque se salvó.

—Claro —dijo Bernardo Tugues—. Si no, no estarías aquí. Y tú, Mateo, ¿qué nombre de casa tienes?

—En Barcelona no hay.

—Pero aquí sí. Tus tíos deben de tener uno.

48

—Sí, lo tienen.

—Vamos, explica. El origen de esos motes siempre es curioso.

–Sí, Mateo –insistió Inma.

–Entendido... Nos llamamos... Los Guarros.

Soltó una carcajada, y los demás le imitamos. Cuando se calmó, continuó:

–Si queréis detalles, os cuento el porqué. Tiene que ver con unos cerdos malolientes.

–¡No, no es necesario! –exclamó el Pulgas.

–¿Y ustedes, señor Tugues? –pregunté–. ¿Qué mote tienen?

–Nosotros somos Los Pánfilos.

–¿Por qué?

–Por una antepasada nuestra...

–... que era una pánfila –completó el Pulgas, riendo.

–¿Y cuál es la historia?

–Es muy sentimental. Mejor que la cuente Inma, que le gustan las fábulas románticas.

–No me gustan –replicó Inma, tensa porque Mateo, el Pulgas y yo seguíamos mondándonos de risa.

No tuvimos tiempo de insistir, porque en ese momento entraron un grupo de soldados. Se sentaron con nosotros en la mesa, pidieron más bebida y la conversación se dispersó. Pero Inma siguió junto a Mateo. Se miraban y, de vez en cuando, se sonreían de una manera embobada y ausente.

Yo era aún lo bastante obtuso e infantil como para no percatarme de lo que escondían esas poses, y tardé aún en caer del caballo. Los días siguientes, Mateo dejó de divagar por el río, por Camarasa y por las masías de los alrededores: rondaba solo por San Lorenzo. Además, comenzó a vestir bien. Una mañana, apareció con unos zapatos viejos pero lustrados, y otra con la corbata gris con la que se había casado su abuelo. Se cortó el pelo, se afeitaba y hasta se ponía colonia.

–Parece que hayamos cambiado los papeles –le dije–. Yo voy sucio y harapiento, y tú hecho un figurín.

–Sí: ahora parezco yo un hijo de papá, ¿verdad?

–¿Y te gusta?

–La vida es así –filosofó Mateo–. Cada uno quiere lo que no tiene.

–Cierto: yo me divierto haciendo de niño pobre a quien no vigila nadie.

Siempre he sido ingenuo y soñador, y tardé diez días en descubrir lo que ya era evidente. Una tarde, a la hora de la siesta, entré en la taberna y, al no hallar a Mateo, salí hacia el patio de atrás y bajé las escaleras que bajaban al lago. Me deslicé junto a los sauces llorones y los chopos de la orilla hasta que los vi: Mateo e Inma, sentados en la hierba, muy cerca el uno del otro, mirándose a los ojos. Me quedé un instante como paralizado, dudé y di media vuelta.

Como no sabía cómo reaccionar, caminé hasta la estación de tren, que está a un kilómetro del pueblo, y luego divagué cerca del lago y pasé el rato observando las golondrinas que iban y venían de los nidos bajo los aleros del tejado de la iglesia. De vuelta al lago, encontré a Mateo solo. Tiraba piedras y las hacía saltar sobre el agua.

–¿Qué te ha parecido esta? –me dijo–. Ocho rebotes.

–Siete.

–Quizá sí. El último era pequeño –Mateo me miraba–. Tengo que darte una noticia.

–¿Buena o mala? –respondí, pensando en Inma.

–Según como lo mires. Me movilizan.

–No te entiendo.

–Que me movilizan para el ejército republicano. Estoy a punto de convertirme en un soldado. Sí, de aquellos que llevan casco, un fusil y uniforme sucio.

–No puede ser –repliqué–. ¡Si solo tienes quince años!

–La semana que viene cumplo dieciséis. Y, a partir de ahora, se ha decidido que se reclutará a todos los jóvenes de dieciséis años.

Un inciso explicativo. Ni Mateo ni yo lo sabíamos entonces, pero el gobierno republicano tenía problemas serios para encontrar nuevos soldados. Muchos habían muerto en más de dos años de guerra y la situación era pésima, con las tropas de Franco a punto de ganar la guerra. Por ello, en 1938 se tomó esa decisión insólita: convertir en soldados a niños con dieciséis años recién cumplidos. El hecho ha sido después recogido por los libros de historia: aquella generación de soldados prematuros ha sido bautizada como la Quinta del Biberón, un nombre que ilustra muy bien la juventud de quienes la formaban.

–¿Y tienes que ir? ¿A la fuerza?

–¿No sabes cómo es el ejército? –rio Mateo–. Si no obedeces, te fusilan. Pasado mañana me voy a Barcelona. Me harán la ficha, me medirán, me darán los documentos y el uniforme, me enseñarán a desfilar, a saludar a los generales y a utilizar armas. ¡Dispararé un fusil de verdad!

–Pero... ¿tienes ganas?

Mateo dudó.

–Por un lado, me hace cierta gracia...

–... y por otro te da miedo.

Cuando completé la frase, Mateo sonrió y dijo:

–Cierto, me da miedo. Pero hay otra cosa...

–¿Qué?

–Ya lo sabes. ¿Nos has visto?

Me miró fijamente y contuve la respiración.

–Sí, nos has visto a Inma y a mí, junto al lago –añadió Mateo–. Eres discreto y te has largado, pero me he dado cuenta. O sea que lo sabes.

–Sí.

–Pues mejor que lo sepas, para que todo esté claro. Y para que puedas desempeñar mejor tu trabajo.

–¿Qué trabajo?

–Cuidar de Inma mientras yo esté fuera. San Lorenzo es un lugar peligroso. Cualquier día esta calma se acabará y comenzarán los disparos, las explosiones, los bombardeos y la guerra de verdad. Y, cuando esto ocurra, si yo no estoy, al menos que estés tú.

–Haré lo que pueda, pero no será gran cosa.

–¿Por qué?

–Solo soy un niño de catorce años. No tengo... ni un arma.

Mateo arqueó las cejas y se rascó la nuca, pensativo.

–Eso es cierto, Xavier. Pero no te preocupes. Tengo la solución. ¿Sabes qué haremos? Mañana es el último día. Encontrémonos aquí por la tarde. Tengo una sorpresa para ti.

7. La pistola del padre

Al día siguiente, Mateo me llevó a pasear junto al lago. Se sentó en la hierba y comenzó a tirar piedras.

–Seguro que estás intrigado –me dijo.

–Intrigado, ¿por qué?

–Porque te prometí una sorpresa –añadió Mateo–. Y la tengo, en el bolsillo. Pero antes debes saber algunas cosas sobre mí. Te gusta la vida que llevo, pero a mí me gusta la que llevas tú. ¿Y sabes por qué? Porque tienes a tu padre.

–Bueno. El tuyo está en Barcelona, ¿no?

–¿De dónde has sacado esa idea?

–Me lo imagino.

Mateo me miró fijamente, escupió y se quedó mirando el lago reluciente.

–No imagines tanto –explicó–. Yo nací en la masía donde vivo ahora, cerca de Camarasa. Tenía solo dos años cuando mis padres emigraron hacia Barcelona. Mi padre no quería ser como el abuelo, que trabajó toda la vida de sol a sol en el campo a cambio de un sueldo de miseria y media barra de pan. Era ambicioso y quería lo mejor para mí. En Barcelona, encontró empleo en una fábrica textil. Trabajaba tanto como si estuviera en el campo, pero el sueldo era más alto y había mejores perspectivas: mi madre ganaba dinero como criada en una casa y hasta me enviaron a una escuela. Todo nos iba bien: vivíamos en un pisito pequeño, los domingos teníamos fiesta, tomábamos el vermut en la plaza de Sants e íbamos al cine a ver una película americana. Todo funcionaba de fábula hasta que a mi padre le engatusaron unos amigotes y se metió en el sindicato.

–¿Tan malo era? ¿Qué hacía?

–Al principio, poco. Ir a reuniones. Decía que se trataba de un trabajo altruista, para ayudar a los obreros y mejorar sus condiciones de vida. Pero algo no cuadraba, porque pronto mi padre comenzó a tener mucho más dinero y a desaparecer sin dar explicaciones. Una noche, mi madre descubrió que llevaba encima un par de pistolas. Otra, aterrizó en casa con un grupo de compañeros sindicalistas armados con pistolas y fusiles. Eran de la CNT, anarquistas. Jugaron a las cartas hasta la madrugada, apostando mucho dinero, y se emborracharon. Fue la primera vez que vi discutir a mis padres. Ella quería apartarlo de aquella vida, pero él no hacía caso y, en poco tiempo, abandonó el trabajo en la fábrica.

–No lo entiendo. ¿Y cómo se ganaba la vida?

–Muy fácil: hacía de matón para la CNT.

–¿Matón? ¿Qué quieres decir?

54 –Pistolero, en otras palabras. O criminal. Se dedicaba a la amenaza, a la extorsión y, en ocasiones, al asesinato. En ese momento había mucha tensión entre los dueños de las fábricas y los obreros. Los pistoleros de la CNT decían ser como el ejército de los pobres. Tenían a raya los patrones. Defendían a los obreros. Esta era la teoría, al menos. Pero había una segunda parte: mi padre tenía más y más dinero, y el rumor decía que los grupos de pistoleros anarquistas cada vez se dedicaban menos a defender los obreros y más actuar como meros delincuentes comunes. Robaban, extorsionaban, atracaban bancos y todo lo que se presentara. Mi madre dejó su trabajo de criada, se compró ropa cara y zapatos relucientes, y un año, en Navidad, mi padre le regaló un abrigo de pieles. Pero ella no se dejaba deslumbrar. Una vez que la pillé llorando, me dijo: «Algún día nos arrepentiremos de todo ese dinero que ahora parece tan fácil de ganar». Y tenía razón, porque en la vida nada es gratis. En julio de 1936, hace dos años, comenzó la guerra. Mi padre era un hombre de confianza del núcleo dirigente de la CNT, y entró a formar parte de las guerrillas que se ocupaban de detener curas y personas de derechas, llevarlos a dar un paseo en coche y 'ajusticiarlos'. No sé si me entiendes...

–Sí, perfectamente –confirmé–. En julio y agosto de 1936 aparecieron un montón de cadáveres en la carretera de la Arrabassada, subiendo hacia el Tibidabo, con un tiro en la nuca...

Me detuve y recordé. Si mi familia y yo habíamos huido de Barcelona hacia Montpellier en agosto de 1936 era precisamente porque mi padre temía ser víctima de los pistoleros de la CNT. Afortunadamente, el padre de Mateo y el mío nunca llegaron a encontrarse.

Mi amigo me miró de reojo y continuó.

–Sí, los disparos en la nuca en la Arrabassada. Es lo que me dijo mi madre: que mi padre era uno de esos asesinos de los que todo el mundo, en secreto, por miedo, despotricaba. Yo me negaba a creerlo y contesté: «No es posible. Papá no es un asesino». Mi madre replicó: «Querrás decir que no era un asesino. Pero la gente cambia...». Yo insistí: si mi padre había cambiado para convertirse en un asesino, tal vez podía dar marcha atrás y volver a ser el de antes. Mi madre sonrió y dijo: «Es cierto. No perdamos la esperanza de que vuelva. Debemos ser pacientes».

Cada vez me interesaba más la situación, porque empezaba a ver en Mateo y en mí, en su padre y en el mío, dos vidas paralelas. Pocos días antes, mi madre me había dicho, ante una luciérnaga: «Es verdad que tu padre se ha alejado de nosotros. Pero la gente que se va, vuelve. Hay que ser pacientes».

—¿Y tenía razón tu madre? —le pregunté—. ¿Volvió tu padre a ser el de antes?

—No.

—¿Tu madre no logró convencerlo?

—No. Y yo tampoco.

—¿Lo intentaste?

—Claro —explicó Mateo—. Mi padre me llevaba con sus amigos de la CNT. Intentaba iniciarme, conseguir que fuera como él. Pero yo me resistía: no me gustaban aquellos hombres hoscos, agresivos y violentos. Una noche, me metió en una partida de cartas en un cuchitril maloliente, en el Barrio Chino. Había mujerzuelas, humo, coñac y una montaña de billetes sobre el tapete verde. Fue la primera vez que vi esta pistola. Mírala.

Se sacó el arma del bolsillo. Nunca había visto nada parecido: era una pistola tan pequeña que le cabía en la mano cerrada.

—Es una Derringer –anunció.

–¿Derringer?

–Sí, la pistola más pequeña del mundo. La puedes ocultar en la mano, en la manga de la camisa o en cualquier bolsillito. No se nota. Tiene dos cañones para disparar. Se monta así –la dobló e hizo un clic–. ¿Lo ves? Se ponen las balas por aquí. Solo dos balas, una por cada cañón. Pequeño calibre. No es un arma que dé mucho miedo, pero puede sacarte de apuros.

–¿A tu padre le sirvió para salir de apuros?

–El mismo día que me la enseñó, una partida se complicó más de la cuenta: alguien le acusó de tramposo, hubo amenazas, golpes, y al final mi padre desarmó a un malnacido que había desenfundado un cuchillo, apuntándole en la nuca con la Derringer: «Déjalo o cubriré la mesa de juego de pedazos de tu cerebro», le dijo. El malnacido soltó el cuchillo y mi padre se embolsó el botín: eran más de tres mil pesetas.

–¡Uau! Tu padre es un valiente.

–No, mi padre está muerto. Y por culpa de habérselas dado de valiente.

Mateo tiró otra piedra al lago. Uno, dos, tres, cuatro, cinco botes. Luego se hundió y, en pocos instantes, la superficie del agua volvía a ser lisa, luminosa e inmóvil.

–Mi padre se comportaba como un bandido –prosiguió Mateo–, e intentaba justificarlo como si fuera una especie de Robin Hood. Pero lo que robaba, lo que le pagaba la CNT y el dinero del juego no eran para los pobres. Ni siquiera eran para mí ni mi madre. Se lo gastaba todo en juego, en armas, en trajes caros y en putas. Lo justificaba por las ideas: la revolución, la justicia, la igualdad y otros ideales anarquistas. Le duró un año. Porque después vinieron otros revolucionarios que aún tenían menos escrúpulos: los comunistas. Y en nombre de la revolución comunista, de la justicia, de la igualdad y otros ideales, los comunistas se sublevaron y exterminaron a los anarquistas. Tenían el apoyo de Rusia: eran más numerosos, estaban mejor pagados y disponían de armas más modernas. Poco a poco, el poder de la CNT se hundió y mi padre fue arrojado a una prisión comunista.

–¿No decías que está muerto?

–Estuvo dos meses en prisión, hasta que le aplicaron la ley de fugas.

–¿La ley de fugas?

–¿No sabes lo que es? La aprobaron los gobiernos de derechas durante la dictadura de Primo de Rivera, para perseguir y anular a las izquierdas y a los sindicalistas. Según la ley de fugas, si un prisionero escapaba mientras era trasladado, era legal que la policía lo matara. Esta ley la utilizaron los comunistas exactamente igual que la habían utilizado los fascistas. Con una excusa absurda, anunciaron que trasladaban a mi padre a una prisión de Tarragona en un camión. En una parada cerca de Martorell para poner gasolina, los guardias abrieron a los grilletes a los prisioneros y les dijeron: «Pueden bajar». Todos sabían lo que ocurriría, pero no tenían nada que perder y se lanzaron a la carrera. Los liquidaron como a conejos, uno a uno. Y eso es todo. Mi padre terminó en una fosa común, junto a la carretera.

–¿No protestó tu madre?

–No. ¿Para qué? A la mínima, la habrían encarcelado también. Por contrarrevolucionaria. Es irónico, ¿verdad?

Mi madre era más lista: se mantuvo al margen de todo para ocuparse de ella misma y de mí.

—Mi madre es igual —murmuré.

Estuvimos un rato en silencio, tirando piedras, hasta que Mateo me mostró otra vez la Derringer.

—Es para ti, Xavier —me dijo—. Un regalito.

—Pero es tuya... de tu padre.

—A mí me reclutan y me darán un fusil. No me hará falta este juguete. Pero a ti puede servirte.

—¿Servirme para qué?

—Nunca se sabe.

Sopesé la Derringer. Me dio una caja de cartón cuadrada. Había espacio para veinticinco balas. Faltaban once. Me enseñó a poner las balas en los dos cañones.

—A mí me movilizan mañana por la mañana. Me darán el uniforme y el armamento, y no sé adónde me enviarán a pegar tiros. Mientras tanto, estaría bien que practicaras con la Derringer.

—¿Por qué?

—Tienes que saber cómo funciona. Aprender a recargarla deprisa. Disparar y notar el retroceso. ¿Has disparado alguna vez una pistola?

—No.

—Pues hazlo. Si no, cuando llegue el momento estarás acojonado y fallarás.

Yo asentí y Mateo sonrió. Era una mañana clara y radiante, el agua del lago estaba quieta como un espejo y me repetía la frase de Mateo: «Cuando llegue el momento». El momento de disparar. ¿De veras llegaría?

8. El tío Bombillas

Tardé dos semanas en recibir noticias de Mateo. Como el correo no podía pasar (en teoría) de un lado a otro del frente, la carta siguió una ruta tortuosa, resumida en el sobre. La dirección era: «Andrés Tello, compañía de Zapadores número 15, Camarasa». Debajo decía, entre paréntesis: «Para el Pulgas». Y, de nuevo entre paréntesis: «Para Xavier». Cuando el Pulgas me la dio, aún estaba cerrada.

La leí con impaciencia. La letra de Mateo era torpe, y la redacción, según los criterios de mis maestros sacerdotes, desordenada. Pero se entendía:

Hola, Xavier:

Estoy haciendo la instrucción en un cuartel de Sabadell que queda cerca de un pinar y un estanque donde hacemos las prácticas de tiro, de momento he disparado con fusil, con un Mauser y un Winchester que llaman Tigre, y con una pistola Tokarev muy gruesa y también he tirado una granada de mano, por ahora todo es curioso y divertido y los compañeros son agradables y no tienen miedo. Añoro un poco San Lorenzo, pero me consuelo pensando que no me queda mucho, porque me han informado de que cuando termine las prácticas de tiro me volverán a destinar al frente del Segre cerca de Balaguer ya que los jefes creen que puedo ser más útil si conozco los caminos y el terreno, o sea que supongo que en diez o quince días nos volveremos a ver. Recuerdos a Inma y enséñale la carta que seguro que está impaciente por tener novedades. Cuidaos y hasta pronto. Mateo.

Me puse contentísimo de saber que a Mateo le iba todo bien y que volvería pronto, y me apresuré a llevarle la carta a Inma. En la taberna de San Lorenzo, su padre me dijo:

–La encontrarás en la plaza.

Corrí y la vi sentada en un poyo delante de la iglesia, con una cesta de guisantes en el regazo.

–Traigo noticias –grité–. Carta de Mateo.

Se levantó de un salto y los guisantes rodaron por el suelo. Nos reímos.

–No importa –dijo–. Ya los recogeré.

Le tendí la carta, miró el sobre y, de repente, le cambió la cara.

–¿La has abierto? –dijo, en un tono muy seco.

Balbuceé algo incomprensible. Mientras, ella había leído el nombre del destinatario final («Para Xavier») y lo había entendido. Leyó con ansiedad.

–Qué bien, ¿verdad? –dije–. Volverá pronto.

–Sí, supongo que sí.

Me tendió la carta.

–No es necesario –respondí–. Quédatela.

–Es para ti –insistió.

Me la metió en el bolsillo de la camisa. Con bastante retraso, entendí lo que pasaba: la carta estaba dirigida a mí y no a ella. Se sentía ofendida. Los celos son algo demasiado universal para atender cuestiones de género: yo era un chico, pero estaba celosa de mí. ¡Si llego a ser una chica, igual me pega una bofetada!

Se agachó para recoger los guisantes y, cuando intenté ayudarla, me rechazó:

–Puedo hacerlo sola, gracias.

–La carta estaba en mi nombre –repliqué– porque yo veo cada día al Pulgas.

No respondió.

–Es la forma de que te llegue más rápido –añadí.

–¿Y a mí qué me importa? –respondió–. Tengo trabajo con la comida. ¿Quieres dejarme tranquila?

Me largué, cabizbajo, y pasé el resto del día preocupado. Debo aclarar que entonces, con mis escasos catorce años, no sabía nada de nada de chicas. Salvo por mi madre y mis niñeras, nunca me había relacionado con el sexo femenino. Ni siquiera tenía una hermanita. A los lectores de hoy, acostumbrados a ir desde párvulos juntos niños y niñas, les puede parecer extraño, pero antes de la Guerra Civil lo más habitual eran las escuelas separadas. Inma era la primera chica de mi edad con quien iniciaba una relación directa. Me desconcertaba y no sabía cómo tratarla.

Por eso cometí el error de insistir. Al día siguiente volví a San Lorenzo y, tras divagar un rato, la encontré en el lavadero del pueblo. Estaba sola, inclinada sobre el agua turbia, con un montón de ropa sucia a la derecha y una pastilla de jabón áspero a la izquierda. La saludé, aparqué la bici y me senté bajo un almez.

–Buenos días –le dije–. ¿Cómo va todo?

–Yo tengo trabajo –respondió–. ¿Y tú?

–¿Quieres que te ayude?

–No.

–Entonces, ¿por qué me reprochas que tú tienes trabajo y yo no?

Inma resopló y me espetó:

–Mira, niño, a veces pareces corto.

–Solo quiero ser amable.

–¿Por qué?

–Por nada.

–¿Porque Mateo te ha dado instrucciones de que seas amable?

Dudé y me lancé, esbozando una pose de seductor que supongo que debía ser ridícula.

–No. Porque yo quiero ser amable.

Inma se detuvo y me miró por primera vez. Rio:

–¿En serio?

–Sí. ¿Puedo hacerte compañía?

–¿Por qué no se lo preguntas a Mateo?

–No es necesario. Él me lo pidió.

En el momento de decirlo, me arrepentí y descubrí que Inma, pese a no haber ido a la escuela ni saber latín, era mucho más lista que yo.

–Vale. Pues le dirás a Mateo que no necesito ni vigilantes ni guardaespaldas.

Me fui dolido y, durante unos días, no me acerqué a San Lorenzo y pasaba las tardes aburriéndome en Balaguer o leyendo en el jardín de la torre, con mi madre. Hasta que un día visité al Pulgas, por si tenía otra carta de Mateo. Al entrar en la taberna de San Lorenzo, oímos a Bernardo Tugues, que refunfuñaba:

–¡Qué porquería! ¡Y no tengo repuesto!

Miraba una bombilla, fijamente, como si fuera un objeto raro.

–¿Qué te pasa? –dijo el Pulgas.

–Que se me ha fundido otra bombilla. Es la cuarta. ¡Acabaremos volviendo a las velas y las lámparas de aceite, como los abuelos!

La queja de Bernardo Tugues estaba justificada. En plena guerra, las bombillas escaseaban.

–Me parece que en Balaguer venden –dijo el Pulgas.

–Seguro. ¿Y sabes a qué precio? ¡A cuatro pesetas!

La situación era, para mí, una posibilidad afortunada. De repente, intuí una manera de ser útil al tabernero y, de rebote, quedar bien con su hija.

–Hay una persona en Balaguer que las arregla. Le llaman el tío Bombillas.

–¿Se puede arreglar una bombilla?

–Él lo hace. Y barato. Diez céntimos cada una.

Me dio cuarenta céntimos y las bombillas y yo regresé a Balaguer más feliz que unas pascuas.

Conocía a Miguel Llorens, el tío Bombillas, por mi madre. Era un terrateniente de un pueblo cercano, Bellcaire, y con la guerra había tenido que dejar su casa y sus tierras, acompañado de toda su familia: su mujer, que se llamaba

Ramona, y tres hijos pequeños. Iban de pueblo en pueblo con una tartana tirada por un burro viejo, y Miguel Llorens se ganaba la vida arreglando bombillas. En Balaguer, habían instalado la tartana en el ferial, al abrigo de la muralla medieval.

–Os traigo trabajo –dije, dejando la bici–. Cuatro bombillas y cuatro monedas.

–Eso es bueno –dijo Miguel Llorens–. Hay que trabajar, para no oxidarse.

Siempre contaba que había nacido con el siglo XX. En 1938 tenía, por tanto, 38 años. Hasta los 36 había sido rico: se notaba en la americana gris que llevaba, de lana inglesa, de corte impecable pese a que estaba sucia y harapienta. Tenía los ojos muy azules, un bigotito fino estilo Clark Gable y era todo él elegancia y distinción. Se movía con movimientos ágiles y precisos, y cogía las bombillas como un pianista pasea los dedos sobre el teclado de un Steinway.

El suyo era un trabajo que exigía un pulso férreo, finura y paciencia. Las bombillas se fundían porque, de tanto encenderse, se rompía el filamento de wolframio que se ponía incandescente para dar luz. Miguel Llorens hacía pruebas moviendo el filamento, hasta que empalmaba los dos pedazos rotos. Después volvía a encender la bombilla y esperaba a que los dos hilos, con el calor, se soldaran de nuevo. Su hija mayor, Elvira, que era una manitas, le ayudaba en la última operación, y abría mucho unos ojazos de color verde oscuro.

Bernardo Tugues me recibió al día siguiente como a un héroe. Cambió él mismo dos bombillas en la taberna y una en la bodega. Me dio la cuarta y me dijo:

—Sube a casa y pon esta.

Los Tugues vivían en el piso de encima de la taberna. Respondí.

—¿Dónde?

—En la habitación de Inma.

—Désela a ella, mejor —me excusé—. Es fácil: solo hay que enroscarla.

—No. Quiero que sea una sorpresa —respondió, riendo—. Es el dormitorio junto a la cocina.

Subí las escaleras con el corazón en un puño: Inma me daba un poco de miedo y no quería encontrarme con ella. Abrí la puerta, me deslicé por el pasillo y pasé ante la cocina. Nadie. El cuarto de Inma estaba tras una estera vieja que hacía de puerta. La aparté. No se veía nada, salvo una línea de luz bajo una ventana cerrada. Avancé a tientas, la abrí y la luz del sol inundó el cuarto.

Era pequeño y miserable. Nada que ver con las habitaciones de niños ricos a las que estaba acostumbrado. En un rincón había una colchoneta rellena de paja puesta directamente en el suelo. El pavimento era de cemento, sin baldosas. Había una mesita con un espejito oxidado, una palangana y una jarra de agua. Y una silla de mimbre, vieja y coja. Hice rodar la silla bajo el portalámparas, trepé haciendo equilibrios y empecé a enroscar la bombilla.

En ese momento, oí un grito:

—¿Qué haces?

En una fracción de segundo, me volví y vi la cara asustada y enfadada de Inma. Abrí los brazos como para excusarme, la silla se desequilibró y me caí de bruces. Creí que me esperaba una bronca, de forma que me levanté y dije balbuceando:

–Tu padre. Me lo ha dicho él. La bombilla...

Pero, para mi sorpresa, a Inma le había cambiado la cara. Se reía. Literalmente, se meaba de risa y se doblaba. De repente, me tranquilicé y solté también una carcajada. Cuando nos calmamos, Inma hizo girar el interruptor y la bombilla se encendió.

–Gracias –dijo.

Me puse rojo como un tomate. Y en ese instante comenzó mi amistad con Inma.

9. El tanque

Dos semanas después, el Pulgas me pasó una breve nota de Mateo. Se había instalado en un cuartel cerca de Bellcaire y me invitaba a ir al cabo de dos días, porque tendría un permiso. Le encontraría a la salida del pueblo, en un caserón llamado Masía Calafí.

El día señalado, impaciente, desayuné fuerte y salí de la torre antes de las ocho de la mañana. Atravesé San Lorenzo, proseguí hacia Camarasa y crucé el Segre por el vado bajo el puente del Pastor. La tranquilidad era absoluta: no había soldados, ni en la orilla franquista del río ni en la republicana. Parecía como si la guerra hubiera terminado, pero ya tenía bastante experiencia para saber que los disparos, las ráfagas de ametralladora y las explosiones podían recomenzar en cualquier momento. Mi excursión en busca de Mateo no dejaba de ser una locura muy arriesgada. ¿Qué hubiera pasado si un coronel de un bando o un comandante del otro hubiera ordenado una ofensiva durante el día? Me hubiera quedado aislado en la zona republicana, sin posibilidad de volver a casa.

Esto lo pienso ahora, pero la juventud no solo es bella e idealista, sino temeraria e inconsciente. Mientras pedaleaba entre los bancales de maíz y de trigo, notando el aire fresco de la mañana en la cara y cerrando los ojos para que el sol no me deslumbrara, no pensaba en los riesgos, sino en la amistad y la aventura.

Me faltaba aprender mucho sobre la guerra y sobre el mundo real en general, y ese día tomé algunas lecciones. Hasta ese momento, no había visto las consecuencias directas que la guerra tiene en muerte y en destrucción. Ni en Burgos ni en Balaguer había casas incendiadas, muros cubiertos de agujeros de bala, puertas de casas arrancadas, montones de escombros calcinados, tejados hundidos, cráteres causados por obuses, trincheras, alambre de espino, sacos de tierra, ni columnas de humo turbio subiendo poco a poco hacia el cielo. No había contemplado un espectáculo de ese tipo hasta que, con el corazón en un puño, alcancé Bellcaire aquella mañana de mediados de agosto de 1938.

Pedaleé por la carretera muy poco a poco, boquiabierto. Bellcaire se había convertido en un pueblo fantasma: muchas ruinas y unos pocos soldados dispersos. La población civil había huido. Llegué a la Masía Calafí. Era una casa de dos pisos, adosada a un jardín cerrado con una reja tras la que florecían y se marchitaban rosas blancas y rojas. La puerta de abajo había sido arrancada. Entré y sentí el aroma de la hierba para los conejos. Las jaulas, sin embargo, estaban vacías. Tal vez los habitantes de la casa se los habían llevado antes de escapar de la guerra o quizás no habían tenido tiempo y se los habían comido los soldados al llegar. Seguí un pasillo oscuro. El gallinero y las cuadras de cerdos también estaban vacíos. De repente, oí un grito:

−¡Hola, chaval!

Era la voz de Mateo, que se asomaba desde una ventana del primer piso. Subí. Mateo estaba en el comedor de la casa, con media docena de soldados más. Me estrechó la mano y me abrazó.

−Camaradas, ¡Xavier!

Me presentó a sus compañeros: Ramón, Martín, Jorge, Francisco, Juan y otro Jorge. Todos ellos vestían uniformes que les iban holgados y dibujaban arrugas profundas en los vientres, los brazos y las piernas. Los fui mirando uno a uno: dos de ellos eran totalmente barbilampiños, y a los demás apenas les salía pelo en el bigote y las patillas. Imaginé que, como Mateo, tendrían dieciséis años justos: reclutas de la Quinta del Biberón, muchos de los cuales (lo supe años más tarde) nunca volvieron a casa.

−¿Te gusta nuestro cuartel? −dijo.

−¿Quién vivía aquí? −respondí.

−Ni idea. Fuera quien fuera, ya debe estar muy lejos. Y no se lo montaba mal. Mira.

Me guio hacia el cuarto de baño: ¡había una bañera! Para mí, que venía de Barcelona, era normal, pero en aquella época buena parte de las casas no tenían agua corriente y la gente se lavaba, como mucho, con palanganas. Para Mateo y sus amigos, la bañera era un símbolo de opulencia.

−Cuando vivía en Sants, en toda mi calle solo había tres o cuatro casas con bañera...

—Y en Montblanc —añadió uno de los Jorges— había una. Del rico usurero y malnacido del pueblo. Son todos unos miserables, con sus comodidades que no comparten.

—Todo esto acabará cuando hagamos la revolución.

—Sí, cuando aplastemos a estos fachas de mierda...

Mientras se tronchaban de risa, Mateo se percató de que me sentía incómodo. Me cogió del brazo y dijo:

—Son jóvenes y exaltados. No les hagas caso. Nos vamos.

—¿Adónde?

—Te enseñaré la unidad a la que me han destinado. ¡La caballería!

Me extrañó y respondí:

—Pensaba que ya no había soldados a caballo.

—Claro que no, tonto —contestó—. Los caballos son demasiado frágiles para la guerra moderna. Pero el nombre de 'caballería' se aplica todavía a las tropas motorizadas. Formo parte de un batallón equipado con tres compañías de tanques de diez tanques cada una. Cada compañía tiene tres secciones de tres tanques y un tanque de mando...

Mientras salíamos de la casa y nos internábamos por una calle lateral, me siguió explicando detalles de organización militar. Hasta que le pedí:

—¿Quieres decir que conduces un camión? ¿O un Jeep?

—No. No tengo edad de conducir.

—¿Pues haces de mecánico?

—No sé. Ahora lo verás. ¡Sorpresa!

A la salida del pueblo había un pequeño campamento en una era polvorienta rodeada de campos de alfalfa: una docena de tiendas de campaña entre las que divagaban los soldados, un grupo de coches, tres camiones y seis tanques.

Mateo se acercó al más alejado y acarició una de las ruedas de acero como si fuera la cabeza de un gatito.

–Este es mi tanque.

Me quedé perplejo y exclamé:

–¿Tu tanque? ¿Es *tu* –subrayé– tanque?

–Yo formo parte de la tripulación.

Lo miré, maravillado. Era un T-26 de fabricación rusa: un armatoste de casi cinco metros de largo, con las ruedas de oruga y totalmente blindado. Estaba coronado por la torreta giratoria, ante la cual había un cañón y dos ametralladoras. En la parte trasera, con pintura blanca, alguien había escrito: «Mercedes», junto a un corazón.

–¿Quién es Mercedes?

–La novia del comandante del tanque.

–¿Comandante?

–Sí. El Mercedes, como todos los tanques, lleva tres tripulantes. Está el comandante-artillero, que manda. Se ocupa de manejar el cañón y dispararlo. No es cosa fácil: hay que hacer problemas de matemáticas muy complicados para saber cuántos grados se ha de levantar el cañón y calcular las trayectorias de los obuses. Después, está el conductor. ¿Ves esta aspillera? Se sienta ahí detrás, y por aquí ve por dónde va. No es muy rápido: apenas a 30 por hora. Pero cuesta mucho hacerlo girar, porque es muy pesado: pesa diez toneladas.

–¿Y tú? ¿Qué haces?

–Soy el cargador. Es el trabajo más sencillo: debo coger los obuses y cargarlos en el cañón. ¿A que es bonito?

–Bueno, sí, es... excitante. Pero también debe de ser peligroso, ¿verdad?

–No tanto como ir a pie con un fusil y servir de blanco a todo el ejército enemigo –respondió Mateo riendo–. Dentro de un tanque estás protegido. En realidad, es un privilegio.

–¿Y cómo lo has conseguido?

–¡Porque soy pequeño! –exclamó, con orgullo–. Los tanques son tan estrechos que, para llevarlos, buscan solo gente que mida menos de 1,50. ¡Como yo! Ahora te lo enseñaré por dentro.

Levantamos la trampilla de arriba y bajamos hacia el interior por una escalera de hierro. Era asfixiante de tan angosto y, encima, hacía un calor infernal, ya que estaba al sol en pleno mes de agosto y el hierro del blindaje hervía. Me mostró el cañón de 45 milímetros, la caja de los obuses, la palanca que servía de volante y las aspilleras desde donde se disparaban las ametralladoras. Yo, con una ingenuidad inefable, estudiaba el tanque como si fuera un juguete nuevo.

Me contó que tenían que ir con mucho cuidado con los soldados de a pie, porque los comandantes fachas les ofrecían una recompensa de 500 pesetas por la destrucción de un T-26. Lo intentaban mediante una táctica arriesgada, pero eficaz: el soldado enemigo se estiraba en una zanja por encima de la cual tuviera que pasar el tanque. Cuando lo tenía a encima, ponía en el vientre del T-26 una bomba incendiaria, conocida como 'cóctel molotov'. Como por debajo los tanques no tienen blindaje, quedaban incendiados y destruidos.

Mateo se sentó en un escalón, suspiró y dijo:

–El coronel afirma que con estos tanques masacraremos los fascistas.

–Por tu tono, no pareces muy convencido.

–El T-26 no está mal. El problema es otro.

–¿Cuál?

–Que casi no tenemos municiones.

Me callé. Mateo continuó:

–Ahora debería estar haciendo instrucción para aprender cómo funciona el tanque. Pero solo nos quedan dos cajas de veinte obuses cada una, y no hay previsión de que lleguen más. Deberíamos practicar, pero los últimos días hemos disparado solo cinco obuses. Y basta. Ya no dispararemos más hasta que entremos en combate.

–¿Y cuándo será eso?

–No lo sé, pero no podemos tardar mucho. Ya hace seis meses que el frente está en el Segre y no se mueve.

–¿Y qué ocurrirá?

Mateo rio.

–Lo que ocurre siempre en las guerras. Hay dos posibilidades: o los fascistas corren acojonados y no paran hasta Burgos, o somos nosotros los que huimos como conejos y no nos detenemos hasta Francia.

–¿Y tú qué crees?

–Nuestro coronel afirma que los fascistas huirán cuando pongamos en marcha una ofensiva. Pero no me fío.

–¿No?

–Recuerda lo que dice el Pulgas: no puedes confiar nunca en un militar, da igual que sea fascista o comunista.

Mateo estuvo unos instantes quieto y ceñudo. De repente, cambió de tono:

74

–¿E Inma? ¿Qué tal le va a Inma?

–Bien. Pero no le he dicho que venía a verte yo solo. Creo que se habría enfadado...

–Es posible. Pero es fantástica, ¿verdad?

–Sí.

–No lo dices muy convencido. Seguro que eres de esos que nunca han tenido novia y creen que las chicas son todas unas cursis.

–¡Claro que he tenido novias! –mentí, con orgullo.

–No lo dudo –respondió Mateo con una sonrisa ambigua.

Pasamos un rato curioseando entre los camiones y los coches, y volvimos a la Masía Calafí. Desde la entrada oímos gritos, carcajadas y hachazos. Los compañeros de Mateo estaban en la cocina rompiendo sillas para encender fuego en la chimenea.

–Estas son las últimas –dijo Ramón.

–Las puertas y las ventanas ya las hemos quemado –dijo un Jorge.

–No hay que preocuparse –añadió Francisco–. ¡Nos quedan las vigas!

Todos se rieron de buena gana mientras acababan de astillar las sillas y las arrojaban a la chimenea. El segundo Jorge colocó unos pedazos de carne, que parecía de conejo, sobre una parrilla.

–El gato de los cojones –dijo Martín– no nos dará más la lata de noche.

–Lástima que estuviera tan delgado.

–Venga, vamos a asarlo...

Juan puso un fajo de papeles en la chimenea y encendió una cerilla. Pero yo exclamé:

–Un momento. ¡Detente!

–¿Qué hay?

–¡Que se nos escapará el gato!

Metí la mano entre los papeles y extraje un recorte de fotografía. La estudié con atención: era del tío Bombillas. En la foto se le veía muy risueño, con corbata y americana nuevas, con su mujer Ramona y la mitad del rostro de Elvira. Registré los papeles, pero no logré encontrar el resto de la foto.

Me la guardé en el bolsillo, mientras los soldados –aquellos soldados tan crueles y rapaces de solo dieciséis años– se burlaban de mí y de mi propósito de devolver esa fotografía a sus legítimos propietarios.

10. El Generalísimo Franco

Alos pocos días, vino a Balaguer Franco en persona, el general Francisco Franco Bahamonde. El Generalísimo, como lo llamaban en el lado franquista del Segre, o bien el Grandísimo Malnacido, como lo conocían en la orilla republicana. Lo recordaré toda la vida: fue el 1 de septiembre de 1938, y el día antes había caído una tormenta fortísima que había arrastrado hacia la plaza barro y piedras desde las colinas de la muralla y la iglesia de Santa María. Un par de pelotones de soldados sacaron de sus casas a punta de pistola a todos los niños y jóvenes del pueblo, les entregaron escobas y cubos y los tuvieron toda la mañana limpiando la plaza: «El Generalísimo debe verlo limpio como una patena. ¡Trabajad con brío, gandules!», gritaban los oficiales si notaban que alguien disminuía su ritmo de trabajo.

Fue un gran día para Balaguer. Pintaron las barandillas junto al Segre, taparon algunos baches de la carretera, colgaron banderas españolas en las farolas y los balcones, pusieron guirnaldas de colores de lado a lado de la calle de Abajo, montaron una tarima de madera en el medio de la plaza y (lo más extraordinario) un artesano anónimo logró poner en marcha el reloj de la fachada del ayuntamiento que, dañado por la explosión de un obús cinco meses atrás, se había quedado parado en las 6 y 52 minutos.

Mi padre se puso el uniforme de gala de capitán, con sable y todo. Según mi madre estaba elegantísimo, pero para mí iba más guapa ella, con un vestido negro, zapatos de tacón de charol, el cabello recogido en un moño y mantilla. ¿Y yo? Llevaba el típico uniforme de marinero de los niños ricos, con corbata y gorra blanca, y me sentía ridículo.

Cuando llegamos, la plaza todavía no estaba llena. Había grupitos de gente que hablaban a la sombra de los plátanos o bajo los porches. La banda de música amenizaba la espera tocando el himno de España de manera obsesiva. Cuando terminaba, en lugar de empezar otra pieza, lo repetían. Órdenes de arriba, me imagino: en aquella época los himnos eran una obsesión permanente. Al cabo de un rato, oímos toques de corneta y entraron en la plaza cuatro compañías de regulares, en perfecta formación y marcando el paso. A los regulares, al otro lado del río los llamaban simplemente 'los moros': la guardia personal que Franco se había traído de Marruecos y que tenía fama de ser cruel, despiadada, de no hacer prisioneros y de entrar en las ciudades conquistadas a sangre y fuego.

De repente, vi a Inma, que entraba por la calle de Abajo del brazo de su padre, Bernardo Tugues. El corazón me dio un salto: iba preciosa, con un vestido blanco y luminoso y su pelo de color miel revuelto y erizado, apenas sujeto por una diadema roja. Me escabullí de mis padres y me reuní con ella. Nada más verme, se le escapó la risa.

–¿Adónde vas vestido así?

–Tú, en cambio, estás perfecta.

–Estoy disfrazada, como tú –replicó.

–Y como todos.

–Esto parece un carnaval.

–Y silencio: parece que llega Su Majestad el Rey del Carnaval.

En efecto, se hizo un silencio y todas las miradas convergieron en el hombre que acababa de entrar en la plaza, escoltado por un grupo de militares, de curas y de autoridades civiles. Todos daban vueltas alrededor de Franco como las polillas en torno a las farolas, pero él no hacía caso: avanzaba con pasos lentos y marciales, con el cuerpo recto y la cabeza levemente levantada, como si no le interesara la gente, sino algo indeterminado situado entre los tejados y el cielo azul. Franco era bajito, rechoncho y sacaba barriga. Tenía la nariz de gancho, los ojos pequeños e inexpresivos y un bigotito fino de color gris. Inma me quitó las palabras de la boca:

–Qué hombrecillo más ridículo, ¿verdad?

–Para ser un Generalísimo, lo encuentro muy pequeñito.

–Cierto, pero vete a saber lo que tiene en la cabeza.

–Nada bueno, si por su culpa nos estamos matando los unos a los otros.

Franco se dirigió hacia la tarima y se situó ante un micrófono. Mientras, todo el mundo se fue acomodando en las sillas plegables alineadas en el centro de la plaza.

—Me parece que tenemos que separarnos –dije.

—Hasta mañana –me respondió, con una sonrisa traviesa.

Mis padres estaban sentados en la cuarta fila, rodeados de militares. Mi madre me había reservado un asiento y me miró con acritud.

—¿Dónde estabas? Te esperábamos.

—Me he encontrado con un amigo y...

De repente, mi padre hizo una seña autoritaria para que me callara.

—¡Sshhht! Ahora habla...

Lo dijo de manera reverencial, como si el discurso que iba a pronunciar el general Franco tuviera que marcar un hito histórico, salvar nuestras almas o iluminarnos para alcanzar la verdad. Pero la verdad es que la oratoria de Franco resultó ser tan mediocre y sosa como su apariencia física. Hizo un discurso lleno de lugares comunes: la patria que estaba en peligro, la religión que había que conservar, el orden que había que mantener y las referencias a la acostumbrada multitud de malvados: comunistas, separatistas, anarquistas, masones, judíos, socialistas y republicanos en general. De todo el guirigay, lo único que me llamó la atención fue que en un momento hiciera referencia a Julio César, básicamente para emularlo: «Como nuevo Julio César, venceré en la batalla de Lérida y llevaré mis tropas hasta la victoria final», declamó.

Acabado el discurso, Franco bajó las escaleras y se incorporó a la procesión que se dirigiría a la iglesia de San José. El Generalísimo se colocó bajo un palio de terciopelo granate que sujetaban cuatro curas e iba precedido por un par de obispos. El hecho me sorprendió: el palio es, por lo que me habían contado, un lugar sagrado, y debajo solía ponerse la Santa Forma, el trozo de pan que representa el cuerpo de Jesucristo. Cuando se lo pregunté a mi madre, respondió:

—A veces, también van bajo palio imágenes de santos o personas muy importantes para la fe.

—¿Y Franco lo es?

Mi madre se encogió de hombros y me pidió silencio. Era evidente: ella no estaba de acuerdo, como en general no estaba de acuerdo con Franco ni con cómo había cambiado mi padre en el transcurso de la guerra, pero prefería callar. Y supongo que tampoco habría estado de acuerdo con el sermón que hizo el obispo de Lérida durante la misa: un cántico a las virtudes guerreras de los nacionales y a la gloria del Generalísimo, que venía a ser un nuevo mesías.

Terminada la misa, mi padre se acercó y me dijo al oído:

—Ahora iré con el Generalísimo a la central de Camarasa. ¿Quieres venir?

—¿Y conoceré el famoso Mr. Smith?

—Espero que sí. ¿Te hace ilusión?

—Muchísima.

Nunca había estado en una central hidroeléctrica, y la de Camarasa es impresionante. En un coche militar, seguimos la ruta hasta San Lorenzo, y luego un camino de tierra que serpenteaba por las laderas de la sierra del Montroig, hasta que llegamos a una carretera que subía por un risco cortado casi en vertical, altísimo. Si miraba a la derecha por la ventanilla, me mareaba.

Al final, llegamos a la mole de cemento armado del embalse y nos detuvimos en medio. A un lado, el agua llegaba a un metro de la barandilla. Por otro el lado, había una caída en vertical de más de cien metros de hormigón. La presa la había construido La Canadiense treinta años atrás, y se decía que tenían tanta prisa para acabarla que si algún trabajador, por accidente, caía en el cemento fresco, las obras no se detenían para recuperar el cadáver. Un ingeniero militar ejercía de guía, y explicaba al Generalísimo las características de la obra. Siguiéndolo, nos adentramos por túneles hasta el corazón de la central y llegamos a la sala de turbinas. El ruido era ensordecedor: las enormes turbinas, impulsadas por la presión del agua, giraban a toda velocidad y arrastraban los imanes de los generadores eléctricos. En un momento de pausa, le pregunté a mi padre:

–¿Por qué el Generalísimo tiene tanto interés en la electricidad?

–Desde que hemos conquistado Camarasa, en Barcelona tienen escasez de electricidad. Muchas cosas no pueden funcionar. Y esto incluye las fábricas de armas.

–¡Ah! ¿Y el arma secreta? ¿Qué es?

Mi padre me regañó:

–No hables en voz alta. Muy poca gente sabe que la tenemos.

–Pero ¿qué es?

–Lo sabrás en su momento. Ahora, silencio.

Acabamos la visita en las dependencias administrativas. Mi padre me enseñó su despacho: había una mesa enorme con montones de papeles, archivadores, fotografías, planos, mapas y, detrás, un retrato del Generalísimo montado a caballo. Mi padre le idolatraba, pero a mí, tan pequeño y barrigón, me parecía aún más ridículo en pose ecuestre.

–¿Y el despacho de Mr. Smith?

Mi padre señaló al fondo del pasillo.

–Es allí –dijo–. Al final.

–¿Podemos verlo?

–No. El Generalísimo quería hablar con él. En privado.

Mi padre ordenó unos papeles sobre la mesa y me miró fijamente. Me sonrió y dijo:

–¿Sabes qué haremos? Le invitaré a cenar un día de estos. Ya veo que tienes mucha curiosidad por conocerle. ¿Por qué?

No contesté. A la postre, ni yo mismo lo sabía, pero intuía vagamente que había alguna relación entre el arma secreta de Mr. Smith y el destino de Mateo y, de rebote, el de Inma y el mío.

11. Un pacto de tres

Los últimos días del verano de 1938 se caracterizaron por las tormentas: después del mediodía, se amontonaban nubarrones negros sobre los riscos del Montroig, que luego descendían hacia la llanura y descargaban aguaceros pavorosos. Uno de esos días, rondaba por San Lorenzo en busca de Inma, cuando Pedro el pastor, viéndome preocupado, me dijo:

–Si buscas a la chiquilla, está en el camino de la estación.

–Ahora voy.

–La encontrarás muy sonrojadita. Con un soldado.

Empecé a andar poco a poco, pero, cuando me di cuenta, ya corría y resoplaba. Me detuve, de golpe. Inma estaba sola con Mateo. Y se habían citado los dos solos, sin avisarme. Seguramente Mateo tenía un permiso y lo había aprovechado para cruzar las líneas. ¿Qué tenía de particular? ¿Por qué un hecho tan sencillo me alteraba de aquella forma? Era tan inocente que todavía no era capaz de dar respuesta a aquellas preguntas tan elementales. Mientras, el cielo se oscurecía y, de vez en cuando, se dibujaba la línea en zigzag de un rayo, seguida al cabo de unos segundos de un trueno que hacía temblar el suelo.

Los encontré bajo una encina, abrazados. Inma se había puesto guapa para la cita: llevaba el mismo vestido blanco que el día de la visita de Franco. Al verme, se levantó, y Mateo me estrechó la mano.

–Muchos días sin verte chaval –dijo–. ¿Cómo van tus asuntos?

–No sabía que tuvieras que venir hoy.

–Un permiso sorpresa –respondió Mateo–. Hay movimiento: todo se hace a última hora. Pero siéntate: aquí hay unas piedras muy cómodas.

Me senté a su lado.

–¿No se te manchará el vestido? –le dije a Inma.

–Lo tenía que lavar igualmente –contestó.

–Y quizás se te lave antes de lo que crees –añadió Mateo mirando al cielo–. Me parece que caerá una tormenta que nos traerá más estruendo que un bombardeo alemán.

Puse cara de no entender nada y Mateo continuó:

–Ahora se lo explicaba a Inma. Hay movimientos en el frente, y una de las novedades es que han llegado aviones alemanes. El cerdo de Hitler apoya a Franco y ahora le ha facilitado aviones. Hace días que nos bombardean y lo tenemos muy difícil para defendernos, porque ya hace tiempo que la República no tiene ni un solo avión. Los rusos nos tienen abandonados. Lo único que podemos hacer cuando se acercan a bombardear es soltarles una ráfaga de ametralladora, pero es casi imposible darles.

—Supongo que en el tanque estarás bien protegido, ¿no?

—A ratos. Pero también hay que salir. Hace un par de días, Jorge... –Mateo, de repente, dudó–. ¿Recuerdas a Jorge?

—Sí, uno de los dos Jorges.

—El del cabello ensortijado y negro. Pues... lo hirieron.

—¿Dónde? –preguntó Inma.

—No importa.

—Vamos, habla. No sirve de nada agobiarte solo –le rogó Inma–. Debes compartirlo conmigo.

Pero Mateo estaba ceñudo y ausente. Era una expresión adulta y preocupada que había notado a menudo en la cara de mi padre o mi madre, un pliegue en las cejas que significaba: «Esto no funciona y no tiene remedio». Mi amigo parecía envejecido: en apenas un mes de guerra, con solo dieciséis años, había vivido experiencias tan duras que a mucha gente no le llegan ni a los sesenta.

—A Jorge la metralla de una bomba le destrozó la pierna derecha. Tuvieron que operarle de urgencia y se ha salvado, de momento...

—¿Todavía no está bien?

—Sí, por ahora. Como todos. Como yo. ¿Verdad que se me ve perfecto de salud? Pues bien: mañana podría estar muerto.

Inma se separó de él, horrorizada. La voz de Mateo era débil, grave, algo tétrica pero del todo convincente.

—No digas esas cosas –repliqué.

—Las digo porque las pienso –contestó Mateo con amargura–. Todos las pensamos allí, porque tienes la muerte cerca cada día. Basta con una mina, o una bala perdida, o un incendio, o una explosión, o un coronel malnacido que nos lance todos al asalto de una trinchera. Esto lo vi hace cinco días en Alcoletge: sacrificaron toda una compañía, cien hombres, muchos de dieciséis años como yo, porque a algún genio se le ocurrió que los nidos de ametralladoras de los fachas ya no tenían munición y ordenó el asalto. Supongo que tengo suerte de ir dentro de un tanque, y no con el pecho descubierto, pero algún día habrá otro genio que ordenará a los tanques que conquisten no sé qué madriguera rodeada de alambres, y no sobrevivirá nadie. Al principio, esto venía a ser como un juego. Cogemos los fusiles. Disparamos. ¡Llevamos un tanque, qué divertido! Jugamos a los héroes. A salvar el país. Pero todo es mentira. La muerte no es ningún juego: es real y la he visto de cerca.

–Pero la guerra acabará –observé.

–Exacto, cuando uno de los dos bandos se hunda y ya no quede nadie. Y me temo que será el nuestro.

–De momento, aguantáis.

–Sin aviones ni munición. Todo el mundo sabe que no hay salvación... si no es un ataque desesperado por sorpresa. Y eso es lo peor: han comenzado los rumores de que pondremos en marcha una ofensiva. ¡Nosotros! ¡Un ejército de chiquillos de dieciséis años, que apenas sabemos disparar el fusil, contra los veteranos moros de Franco! Si fuera así, adiós...

Mateo calló, con la vista fija en el suelo. Arrancó una ramita de tomillo, lo olió y la fue desmenuzando, hoja a hoja. Inma y yo nos miramos a hurtadillas, pero ninguno de los dos tuvo ánimo de responder, y así nos quedamos, en silencio, unos minutos eternos.

Hasta que cayó una gota, enorme. Y otra, y otra. Y estalló la tormenta. Corrimos hacia un corral medio en ruinas y nos refugiamos en el umbral. El agua caía densa como si estuviéramos al borde una catarata. Inma iba a decir algo, pero no salió ningún sonido de sus labios. Y entonces Mateo murmuró:

–¿Y qué importa? Aún estoy vivo.

Salió corriendo del corral y levantó la cabeza hacia el cielo, con la boca abierta.

–¡Ven a beber! –gritó–. Es buenísima.

Inma salió disparada, se abrazó a él y alzó también la cabeza. El agua le sobresalía a borbotones de la boca. Luego comenzó a bailar y Mateo igual, bajo aquel diluvio que los había dejado empapados en un par de minutos.

Después, a medida que he envejecido, he pensado a menudo en esa escena y he entendido que Mateo e Inma habían descubierto, en una iluminación súbita, que solo hay una manera de luchar contra el miedo: viviendo el presente, con la felicidad plena del presente.

No me uní a ellos bajo el diluvio. Me habría sentido un extraño: ellos tenían su mundo y yo estaba al margen. Y comprobarlo me escocía. No solo a mí: mientras Mateo reía y cantaba totalmente alocado, Inma me miraba de vez en cuando de reojo invitándome a unirme a la fiesta. Y, de repente, ante sus ojos suplicantes, me asaltó la idea: ¿y si ella también quisiera tener su mundo compartido conmigo? ¿Y si aquello confuso e informulado que yo sentía por ella, ella también lo sentía por mí, a pesar de Mateo?

Aparté la idea de un manotazo: era demasiado perturbadora como para considerarla seriamente. Quizás también demasiado feliz, y no estaba acostumbrado a enfrentarme a la felicidad, a la posibilidad de ganarla o perderla de repente.

Al fin, Mateo e Inma volvieron al corral, tan empapados que tuvieron que escurrir la ropa para secarse.

–Esto ha sido muy bonito –dijo Mateo riendo, sin percatarse de mis sombríos pensamientos–. Hay que mantenerlo. Mirad.

Estiró la mano, con la palma hacia arriba.

–Y ahora, vosotros.

Inma puso la mano sobre la de Mateo, y yo sobre la de Inma.

–Cogeos fuerte.

Estrechamos las manos con fuerza, los tres a la vez.

–Y ahora, prometed –pidió Mateo–. Siempre estaremos juntos y nos ayudaremos. ¡Prometed!

Inma y yo lo hicimos:

–Siempre estaremos juntos y nos ayudaremos.

Fue un momento mágico. Y entendí que las promesas tienen un precio, implican compromiso, sacrificio y, a veces, riesgo.

Por eso, al día siguiente recuperé la pistola Derringer que semanas atrás me había regalado Mateo, y que había tenido guardada en el fondo de un cajón. Mateo había madurado desde que servía en el tanque, había visto la muerte y el sufrimiento. Yo, después de escucharlo, había decidido madurar también. De repente, la Derringer ya no me pareció un juguete para asustar, hacer ruido y fingir ser un *cowboy* de película. Era un arma, y quién sabe si debería utilizarla en algún momento. Mateo me había dicho al entregármela: «Haz prácticas de tiro. Si no, cuando llegue el momento estarás acojonado y fallarás».

Aquel día no fui a San Lorenzo, sino que tomé por el camino de Vilanova de la Sal. Busqué un lugar resguardado y solitario e hice prácticas de tiro. Como no tenía mucha munición, disparé solo cuatro balas, pero saqué las conclusiones que me interesaban: con aquella pistolita, solo podía hacer blanco a menos de dos metros. Tomé nota y cerré la caja de cartón cuadrada con las diez balas que quedaban.

Me sentía más seguro y más tranquilo notando el peso de la Derringer y las balas en el bolsillo.

12. Mr. Smith y Julio César

La noche del 12 de septiembre, mi padre cumplió su promesa e invitó a cenar a Mr. Smith, el ingeniero que dirigía la central eléctrica de Camarasa. Era un hombre de unos sesenta años, de cabellos canoso, bajito y que llevaba en el bolsillo del chaleco un reloj de oro. Usaba gafas redondas de montura de carey, hablaba a paso de tortuga, con acento inglés, y su aspecto no podía ser más pacífico. Joseph Smith me habría parecido simpático si no fuera porque llegó acompañado del coronel Tapias, y ambos hablaban como si fueran la mar de amigos.

Mi madre preparó una buena cena y la conversación fue relajada: todos estaban convencidos de la victoria del Generalísimo y del rápido fin de la guerra. Joseph Smith se dirigió a mí:

—Y tú, joven compañero, ¿tienes ganas de que acabe la guerra?

—Sí, claro. A nadie le gusta.

—A mí, sí –acotó el coronel Tapias.

—En su caso, se entiende –dijo Mr. Smith–, porque su oficio es la guerra. Pero no es el mío. Lo que yo deseo es volver a ser un ingeniero normal.

—Hace unas semanas –replicó el coronel Tapias– le reclamaba al capitán Casas que me dijera qué pinta un ingeniero en el ejército. No supo responder. ¿Y usted? ¿Qué dice?

—Se lo explicaré con mucho gusto –dijo Mr. Smith–. Le contaré cuál fue la clave de las guerras púnicas. Ya sabe: Roma contra Cartago. ¿Conoce la historia?

—¡Que Aníbal se cayó del elefante! –exclamó el coronel, y me di cuenta de dos cosas: que empezaba a estar borracho y que era un perfecto ignorante.

—No, querido coronel. En la primera fase de la guerra entre Roma y Cartago, los cartagineses eran invencibles porque dominaban totalmente al mar. Eran un pueblo de tradición marinera. Construían barcos rápidos, potentes y seguros, muy superiores a los romanos. En el curso de una batalla, un general romano logró capturar un barco cartaginés: un trirreme, que quiere decir que tenía tres pisos superpuestos de remeros, además de la vela. Y puso sus mejores ingenieros navales a estudiar el trirreme. Lo desmontaron y lo analizaron en detalle. Descubrieron las técnicas de construcción de sus enemigos y las copiaron. En un año, Roma dispuso de una flota entera de aquellos trirremes. Este fue el punto de inflexión de la guerra: a partir de entonces, para Roma todo fueron victorias navales.

—¡Gracias a los ingenieros! –añadió mi padre.

–Muy bien, muy bien –dijo Tapias, aplaudiendo–. Me ha convencido. Usted es el ingeniero del Generalísimo. Y eso significa que tiene un papel en la guerra.

–Un papel, sí.

–Y un papel importante. No se las dé de pacifista, Mr. Smith. No intente ponerse por encima del bien y del mal.

–No lo pretendo. Y ya me he mojado –reflexionó Mr. Smith–. No me gusta la guerra, pero tampoco creo en la neutralidad. Cuando hay dos que se pelean, no te puedes quedar en medio y argumentar que no vas ni con unos ni con otros.

–Y usted se ha inclinado por el Generalísimo. Y por España y por Dios.

–No tanto –corrigió Mr. Smith–. No coincido con Franco en muchas cosas. Yo soy un liberal.

–¿Y qué quiere decir 'liberal'?

–Que creo en la democracia y las libertades, al contrario de Franco.

Yo intervine:

–¡Entonces, usted debería apoyar a la Repúbli...!

Reprimí el final de la exclamación, ante las miradas asesinas que me dirigieron mi padre y el coronel Tapias.

–Déjenle –prosiguió Mr. Smith–. El argumento del chico es inteligente y lógico, y hay que responder como merece. La realidad es que la República dejó hace tiempo de ser una verdadera democracia. Ha caído en manos de anarquistas y comunistas, y la prueba es que solo ha recibido apoyo de Rusia. Ninguno de los dos bandos representa mis ideas. Entonces, ¿qué debo hacer? Ya te he dicho que no creo en la neutralidad: he elegido el bando de Franco.

–¿Por qué?

–Porque me parece el mal menor.

El coronel Tapias se rio y dijo:

–Sí, así son estos europeos que nos quieren dar lecciones de civilización. Ya lo dice José Antonio Primo de Rivera: los valores de Europa son decadentes. No tienen ideales: solo males menores.

–José Antonio es un fascista –replicó Mr. Smith, adusto.

Mi padre se apresuró a poner paz. Es lo que le tocaba, porque era ingeniero, como Mr. Smith, y militar, como el coronel Tapias.

–Las motivaciones de Mr. Smith –dijo– para apoyar al Generalísimo no son relevantes. Lo que importa es el resultado final: que nos ayudará a derrotar a los rojos.

Y yo lo remaché:

–Exacto. Con el arma secreta.

Mr. Smith arqueó las cejas y me preguntó:

–¿Qué sabes del arma secreta?

–Nada. Porque es secreta, ¿no?

El coronel Tapias rio y dio un golpe en la mesa con el garfio.

–Exacto –remarcó–. Es secreta y a ti no te incumbe. Porque eres un espía.

–¿Qué insinúa? –preguntó Mr. Smith.

–Javier nos ha hecho algún servicio como espía entre nuestras tropas. Detectó que en San Lorenzo faltaba disciplina y nos lo dijo. ¿No es así, chico?

Asentí, en silencio.

–Y como ya ha ejercido de espía para nosotros –añadió–, también podría hacerlo para los rojos. Ya lo sabéis: los agentes dobles. ¿Verdad, Javier?

—Sí, como en las películas —dije riendo y tratando de quitar hierro al asunto. Luego cambié de tema—. El Generalísimo dijo el otro día en su discurso algo curioso. Habló de Julio César. ¿Qué tiene que ver César con esta guerra?

—Julio César era un general —respondió el coronel Tapias—, y escribió libros de tema militar.

—Lo sé. Mi padre tiene un par. Uno que va de la guerra de las Galias. Y otro...

—Otro titulado *Comentarios sobre la guerra civil* —completó mi padre.

—Exacto —añadió el coronel Tapias—. Hace dos mil años, Julio César ya luchó y venció en una guerra civil, que se decidió muy cerca de aquí, en Lérida. A ello se refería el Generalísimo. ¿Te interesa la historia, Javier?

—Le encanta —intervino mi madre.

—Pues te lo contaré —continuó el coronel Tapias—. Todo ocurrió, si no recuerdo mal, en el año 49 antes de Cristo. Julio César había pasado el Rubicón y había empezado en Roma la guerra civil entre él y Pompeyo. El escenario bélico se trasladó a Hispania: Afranio y Petrenio, dos de los mejores generales de Pompeyo, se fortificaron en Lérida, en aquella época Ilerda. César, al frente de cuatro legiones, atravesó los Pirineos, a marchas forzadas, por la Cerdaña, en junio del año 49, siguió el Segre y se plantó delante de Ilerda, en el margen izquierdo del río. Para poner cerco a la ciudad, que está en la orilla derecha, construyó dos pontones e hizo cruzar las legiones y las tropas auxiliares. Pero el 28 de junio cayeron lluvias torrenciales en el Pirineo y una riada colosal arrastró los puentes. Julio César se encontraba en una situación delicada: apenas tenía víveres para sus 30 000 hombres, y la caballería enemiga dominaba el puente de piedra, el que había resistido la riada, y el margen derecho del río. Por eso es imposible reconstruir los pontones. La situación militar entró en lo que llamaríamos una 'fase de bloqueo': los pompeyanos y los cesaristas a uno y otro lado del río, y sin superioridad clara ni unos ni otros. ¿Te recuerda algo?

–Es como lo que pasa ahora, ¿verdad? –exclamé, interesado–. Solo hay que cambiar a César y Pompeyo por Franco y los rojos.

–Exacto. La historia es un ciclo. El pasado vuelve, y ahora ha regresado a Ilerda Franco, el nuevo Julio César.

–No exageremos –objetó Mr. Smith, con una sonrisa.

–Usted es un descreído –protestó Tapias.

–Dejémoslo en que soy inglés. Pero, vaya, termine la historia. ¿Cómo se las ingenió César para desbloquear la situación?

–Con una cabeza de puente. Una noche, consiguió burlar con sus tropas la vigilancia de los pompeyanos. Remontó el Segre desde Ilerda y, al encontrar un lugar propicio, construyó un puente con barcas...

–Diréis que lo construyeron los ingenieros de César –puntualizó Mr. Smith.

–Exacto, Mr. Smith, no les escatimaremos los méritos a los de su gremio. Se construyó el puente de barcas en una sola noche, y Julio César hizo cruzar dos legiones para fortificar la otra orilla. Cuando Afranio y Petrenio se dieron cuenta, ya era demasiado tarde. Al día siguiente el grueso del ejército de César cruzó el río y en pocos días Ilerda cayó como fruta madura. Fue el principio del fin de la guerra civil. Como ahora: en los próximos días se decidirá el futuro de la guerra española aquí, en el Segre.

Mi padre levantó su copa de vino:

–Brindemos para que así sea.

–¡Por la victoria! –exclamó el coronel.

Mientras las copas tintineaban, yo reflexionaba. Y pregunté:

–¿Todo esto significa que Franco está preparando una nueva ofensiva para cruzar el Segre?

–No he dicho nada de eso –respondió el coronel.

–Usted ha explicado que la historia se repite.

–Pero no exactamente igual.

–Puede ser al revés, por ejemplo –explicó Mr. Smith que, en aquel momento me di cuenta, también estaba un poco achispado.

–¡Sshhht! –le regañó el coronel–. No hables más de la cuenta.

–¡Recuerde que yo puedo ser un espía! –añadí, con ironía.

El coronel Tapias logró desviar la conversación hacia temas inocuos, pero yo estaba orgulloso: era el espía de Mateo y acababa de obtener una información valiosa. De la intervención de Mr. Smith se podía deducir que no era Franco quien planeaba atravesar el Segre para presentar batalla, sino que serían los republicanos. La información encajaba con los rumores en el mismo sentido que había oído Mateo. Había dado un paso adelante, pero quedaban dos preguntas en el aire. ¿Cuándo sería la ofensiva? ¿En qué lugar se llevaría a cabo?

El coronel Tapias se ocupó de que no aparecieran más temas comprometidos y, tras los postres, me enviaron a dormir. No me importaba, porque los chivatos lo tenemos todo previsto y buscamos soluciones astutas para obtener la máxima información. Esperé en la cama un cuarto de hora, me levanté y saqué de debajo del armario una cuerda que aquella tarde había cogido en la cuadra. Era gruesa y medía casi ocho metros: perfecta para mis propósitos. La até a una argolla de la pared, abrí la ventana y la dejé caer. Llegó apenas a un metro de tierra. Me descolgué a fuerza de brazos. Ya en el suelo, seguí el muro exterior de la torre hasta situarme bajo la única ventana del primer piso donde todavía había luz. Aquella tarde había dejado apoyada ahí, como por casualidad, una escalera.

Subí. Como la noche era muy cálida, la ventana estaba abierta de par en par. Saqué la cabeza solo unos instantes: mi madre se había acostado, y quedaban alrededor de la mesa el coronel Tapias, Mr. Smith y mi padre, que fumaban habanos y bebían copas de coñac. Me escondí y agucé el oído. Me llegaban retales de la conversación, y ni siquiera estaba seguro de quién decía cada frase. Pero el contenido general era claro.

–... El general Blanco ya lo ha decidido...

–... El general Fernández Beltrán tiene dudas... los contactos en Madrid...

–... Blanco manda...

–... No podemos tener seguridad absoluta...

–... Hemos introducido un espía en el Estado Mayor rojo... informaciones puntuales... contraofensiva... es su única posibilidad, cogernos por sorpresa...

–... No saben lo que les espera... la artillería de Mr. Smith los aniquilará...

Risas. Otro tintineo con las copas de coñac.

–... La trampa estará lista...

–... Caerán de cuatro patas... los tanques quedarán atrapados...

–... Lo ha confirmado hoy... el 14 de septiembre... cuarto menguante... un poco antes de medianoche...

–... Nombre en clave... operación Caín...

–... Hay que darse prisa... pasaré instrucciones... todo debe estar a punto...

Ya había escuchado suficiente. Bajé la escalera con mucho cuidado de no hacer ruido. Después trepé por la cuerda hacia mi cuarto, cerré la ventana y me acosté como si no hubiera pasado nada. Cerré los ojos, pero no podía dormir por la excitación y la incertidumbre.

El ataque de los republicanos tendría lugar el 14. Faltaban dos días. Dos días para que Mateo y su tanque se metieran en la boca del lobo. ¿Podría hacer algo para evitarlo? ¿Qué? ¿Tendría tiempo? Y, más difícil todavía, ¿tendría valor?

13. La gran decisión

Me dormí tarde y me despertó mi madre con el sol ya alto.

–Vamos, dormilón –me llamó–. ¡Arriba!

–He tenido pesadillas.

–No me sorprende, con conversaciones como la de anoche. Me parece que tendré que prohibirle al coronel Tapias que vuelva.

–Tal vez no será necesario, si la guerra se acaba.

–Ojalá, hijo. ¡Ojalá!

Tras el desayuno recordé los hechos de la noche anterior y seguí igual de aturdido e indeciso. Vi la hoja del calendario: martes, 13 de septiembre de 1938. Al día siguiente, el 14, antes de medianoche, los republicanos lanzarían una ofensiva en la que participarían, con toda seguridad, los tanques de la compañía de Mateo.

Después de desayunar, cogí la bici y me desplacé a San Lorenzo. Antes de llegar al lago ya oí disparos y explosiones: había terminado la tranquilidad. Inma estaba en la taberna, leyendo un periódico viejo. Me acerqué y le dije:

—Salgamos. Tenemos que hablar.

—¿Qué pasa?

—Salgamos. Tú y yo solos.

Seguimos la carretera hacia el lavadero y nos sentamos a la sombra de un sauce.

—¿Tienes noticias? —preguntó Inma.

—Sí.

—Pues yo también. Esta noche han comenzado otra vez los disparos y las bombas. Mi padre ha oído rumores sobre movimientos de soldados al otro lado del Segre. Se mueven.

—¿Hacia dónde?

—No se sabe —respondió Inma—. Mi padre también dice que podrían ser maniobras de distracción. Pero no es solo eso: hoy, una patrulla de soldados ha venido a buscar una docena de obreros para llevarlos en camión al embalse de Camarasa. Dicen que se está preparando algo gordo.

Reflexioné unos instantes y afirmé:

—Y tienen razón.

—¿Tienes información?

—Sí. Que se trata del arma secreta de Mr. Smith —expliqué—. Anoche, Mr. Smith cenó en mi casa y anunció que la utilizaría.

—¿Cuándo?

—Los franquistas tienen espías en el ejército de los republicanos. Alguien les ha informado de que para mañana se prepara una gran ofensiva: quieren atravesar el Segre...

En pocas frases puse a Inma al corriente de mis investigaciones de la noche anterior. A medida que avanzaba en las explicaciones, la expresión de su rostro se volvía más y más sombría. Cuando terminé diciendo que se preparaba una trampa mortal contra los republicanos, agachó la cabeza y negó, en silencio.

Se levantó, suspiró y me dijo:

–Tenemos que salvar a Mateo –añadió Inma–. Los tanques siempre van a la vanguardia en las ofensivas. Mateo participará, cruzará el río y quedará atrapado. ¡Tenemos que salvarle!

–Pero ¿cómo?

–Avisándole.

Permanecí en silencio, y ella prosiguió:

–Debes avisarle. Ve a verle. Tú ya has estado en Bellcaire, en el cuartel de los tanques. Sabes dónde está.

Inma me había cogido de sorpresa y apenas tuve ánimo de balbucear:

–Pero... ¿y qué, si le aviso? ¿Qué puede hacer?

–Desertar.

–¿Desertar? ¡Le fusilarían!

–Sí, si le pillan. Siempre es mejor desertar que ir como un corderito a una muerte segura.

–¿Y cómo atravieso yo el río? –objeté–. Han vuelto a comenzar los combates. Si lo intento, me pegarán tiros los unos y los otros.

–Hazlo de noche.

–¿De noche? ¡Imposible! Es muy peligroso.

–Sí –dijo Inma–, pero la vida de Mateo está en juego.

–Y también la mía –respondí.

Estuve a punto de añadir: «¿Cuál de las dos prefieres?». Pero me reprimí a tiempo.

Inma miró hacia el cielo, como implorando una iluminación divina. Los labios le temblaban y en el fondo de los ojos brillaba una lágrima apenas contenida. De repente, dijo:

–Tienes razón, Xavier.

–¿En qué?

Me miró y exclamó, en un arrebato de rabia:

–¡Que tampoco quiero que te maten a ti!

Me quedé paralizado. Y ella continuó:

–Pero hemos hecho un pacto, ¿recuerdas? Dijimos que estaríamos siempre juntos y nos ayudaríamos. ¿Cumplirás tu promesa?

–No lo sé.

–¿Qué significa eso?

–Que estoy hecho un lío y no sé qué camino seguir.

Inma dijo lentamente:

–Entiendo perfectamente el lío, Xavier. Ahora me he dado cuenta. Tienes miedo.

–No –respondí, con fuerza.

–Sí, eres un cobarde.

La acusación me dolió tanto que estuve unos minutos en silencio. ¿Cobarde? No me había planteado el problema en aquellos términos, porque tenía muy presente lo que me había dicho mi madre sobre el coronel Tapias: «Es un cobarde, un bocazas, un pijo. La verdadera valentía es silenciosa y reflexiva». De repente, Inma me pedía que hiciera como el coronel Tapias al frente de un pelotón de la Legión: que me lanzara al asalto de las trincheras de los moros de África a tiros, con el pecho descubierto, para que me mataran.

–Ahora has sido injusta conmigo –respondí.

Inma levantó los ojos hacia mí, y yo le sostuve la mirada, larga y desafiante.

–Tienes razón –aceptó Inma.

Se irguió, se sentó al borde del lavadero y jugó salpicando con el agua.

–Supongo que no tengo derecho a pedirte que te sacrifiques.

–No.

–Y supongo –añadió– que no tengo derecho a sospechar nada más.

Estuve a punto de preguntarle a qué se refería, pero me dirigió una sonrisa tan limpia que me desconcertó totalmente. Inma se levantó, señaló la carretera y dijo:

–Basta. Volvamos a la taberna.

–Pero yo... todavía no sé qué hacer.

–Te aclararás tú solo, con tiempo –respondió–. Al final, tendremos la solución de mosén Pedro.

–¿Cuál es?

–Él siempre dice: será lo que Dios quiera.

Pero yo seguía aturdido e indeciso. De vuelta a la torre, traté de entretenerme leyendo y hablando con los jornaleros. Después de cenar, los padres se marcharon a Balaguer, donde había una reunión en el ayuntamiento, y me quedé solo. «¿Qué hago? ¿Hacia dónde me dirijo? ¿Me quedo y espero? ¿O me arriesgo a buscar a Mateo? ¿Paso por cobarde? ¿O me convierto en un loco temerario? ¿Quedo como un indeciso? ¿O me hago el héroe y termino muerto, como suelen terminar los héroes?».

Las preguntas hervían en la cabeza mientras daba vueltas por el jardín de la torre. La noche era oscura: no había luna y las estrellas lucían a miles en un cielo de tinta. Até cabos: la luna estaba en cuarto menguante y la ofensiva republicana se produciría justo cuando la media luna apareciera tras el horizonte y difundiera la luz suficiente para maniobrar. La tranquilidad era casi total: solo de vez en cuando se oía el estampido de un disparo, amortiguado por el constante y unánime croar de las ranas del Segre. Seguí un rato el camino, paralelo a la acequia, y la crucé por un pequeño puente. Me quité las sandalias y sumergí los pies en el agua. Era fresca y vivificante. Miré hacia el cielo: las estrellas parecían observarme, indiferentes. Ellas no dudaban, ni se tambaleaban. Me miré los pies blancos bajo la corriente de agua y, de repente, me hirió la imagen de Inma mientras pronunciaba la frase fatal:

«Y supongo que no tengo derecho a sospechar nada más».

Aquellas palabras me habían dejado tan boquiabierto que no tuve fuerzas para preguntarle qué significaban. Y, durante la tarde, había evitado recordarlas, pero al final volvían a surgir con una fuerza volcánica, porque nada puede tapar la verdad.

«Y supongo que no tengo derecho a sospechar nada más».

¿Sospechar? ¿Qué? De repente, lo acepté. Tuve el coraje de mirar la realidad a la cara. Lo que Inma sospechaba era que a mí me iba bien que Mateo desapareciera del mapa, porque entonces tenía vía libre para estar con ella. Lo que sospechaba era que Mateo y yo éramos algo mucho más complicado que amigos: amigos, pero también rivales. Lo que sospechaba era que yo tenía un motivo más inconfesable que la cobardía para no avisar a Mateo de la muerte cierta que le acechaba.

Me levanté de un salto. Sí, lo había entendido. Aunque me doliera reconocerlo, la idea de salir con Inma me había rondado desde que Mateo había sido movilizado. ¿Y ella? ¿Qué sentía ella? ¿Me correspondía? De repente, me asaltó el recuerdo de la insistencia de Inma el día de la tormenta, cuando pedía que me sumara a Mateo y a ella, que bailaban bajo la lluvia, y también una frase que había pronunciado aquella misma mañana:

«¡Tampoco quiero que te maten a ti!».

Y fue, poseído por aquella rara embriaguez de un amor etéreo e inconcreto, como tomé la gran decisión: me jugaría la vida por Mateo. Primero, volvería a San Lorenzo con Mateo sano y salvo, y luego Inma tendría el privilegio de elegir. O de elegirme, añadía orgulloso.

La decisión estaba tomada, pero me faltaban los detalles del plan. ¿Cómo cruzaría el Segre? Podía hacerlo esa misma noche, por el puente del Pastor de Camarasa. ¿Cómo localizaría a Mateo? Aquí es donde la situación se complicaba. Quizás en el cuartel de los tanques, en Bellcaire, pero no podía estar seguro. Si había habido movimientos de tropas, era probable que hubiera sido movilizado y estuviera en otro lugar. ¿Dónde? Podía ser cualquier localidad cercana al río, entre Balaguer y Lérida, e incluso más al sur, hasta Soses o La Granja de Escarp. Localizar a Mateo sería como encontrar una aguja en un pajar.

Solo había una posibilidad: descubrir el lugar exacto por donde se produciría el ataque e ir. Pero no tenía ningún indicio. ¿O sí? Quizá me lo había dado la noche antes el coronel Tapias, al insistir en el hecho de que la historia se repite. ¡Julio César! ¿Por dónde cruzó Julio César el Segre en el año 49 antes de Cristo?

Mi padre tenía en su biblioteca un ejemplar de los *Comentarios a la guerra civil,* en tres volúmenes, de la colección Bernat Metge. Hojeé febrilmente el libro hasta encontrar los capítulos de la batalla de Ilerda, y los leí en diagonal hasta dar con el fragmento clave: «Encontrándose en este estado angustioso de cosas, acosados todos los caminos para la caballería y la infantería de Afranio, y no pudiendo terminar de construir los puentes, César da órdenes a sus hombres de hacer unas barcas del tipo que le había enseñado su experiencia en los años anteriores en Britania (...). Una vez terminadas, las traslada, de noche, en carros enganchados de dos en dos, a 22 000 pasos del campamento; con las barcas pasa soldados a la otra orilla del Segre y ocupa por sorpresa la ladera del otro margen y se fortifica a continuación, antes de que sus enemigos se den cuenta. Luego hace pasar una legión, y en dos días termina el puente, comenzado desde los dos lados».

¡A 22 000 pasos del campamento, que debía de ser ante las murallas de Lérida! Había una nota del traductor a pie de página. Decía: «Historiadores y especialistas han discutido bastante el lugar por donde Julio César cruzó el Segre, pero se suele aceptar que fue por Vilanova de la Barca, en el lugar donde, aún ahora, hay un vado para atravesar el río en una barcaza».

¡Vilanova de la Barca! Era la pieza que me faltaba para completar el rompecabezas. Cerré el libro de Julio César y tomé la gran decisión: al día siguiente, antes la hora de la ofensiva republicana, estaría en Vilanova de la Barca para avisar a Mateo.

Esta era la primera parte del plan. De la segunda, de cómo regresaría a casa, no tenía ni idea.

14. El chico sin pierna

Oí el coche de mis padres que regresaban y me acosté enseguida. Escuché cómo aparcaban frente a la torre, la llave en la cerradura y sus pasos en el primer piso. Oí voces y rumores y, al cabo de un rato, mi madre subió las escaleras y, sin encender la luz, creyendo que estaba dormido, se acercó a la cama y murmuró:

–Buenas noches, precioso.

Y me dio un beso en la frente. Aún escuché ruidos durante un rato. Cuando la rendija de luz bajo la puerta desapareció, esperé aún veinte minutos, me levanté y me vestí.

Cogí la Derringer y la sopesé. ¿Qué hacer con ella? Lo mejor sería llevármela, por si caía en manos del enemigo o me encontraba con cualquier atolladero, pero necesitaba esconderla. Hice algunas pruebas y, finalmente, me la coloqué en los riñones, sujeta con dos tiras de esparadrapo. Me miré en el espejo: bajo los pliegues de la camisa burda y sucia no se notaba. Más complicado sería transportar la caja de balas. Tras algunas probaturas infructuosas, opté por dejarla. Solo llevaría conmigo dos balas: las de la recámara de cada uno de los dos cañones de la Derringer.

Bajé las escaleras con mucho sigilo y entré en la cocina a oscuras. A tientas, cogí la comida necesaria para sobrevivir el largo día 14 de septiembre que me esperaba: una barra de pan del día antes, un trozo de queso, un chorizo entero y un par de manzanas del huerto. Lo metí todo en el zurrón, me deslicé hacia la planta baja y salí.

Monté en la bicicleta y me alejé de la torre, pedaleando despacio, a oscuras, con mucho cuidado de no chocar ni caer. Cuando los ojos se me acostumbraron a la oscuridad, distinguí la cinta gris del camino, que se desplegaba entre los márgenes negros de los árboles y los campos vecinos. Crucé Gerb, seguí entre extensiones de frutales, de alfalfa y de maíz de la huerta, y llegué al lago de San Lorenzo.

Al pasar frente a la taberna, no pude evitar que mis ojos se fijaran en una ventana del primer piso: la del cuarto de Inma, donde había cambiado la bombilla. Estaba a oscuras. Dormía plácidamente y no se imaginaba que yo estaba en la carretera, montado en la bici, dispuesto a jugarme la vida por Mateo y por ella. Ese pensamiento me llenó de orgullo: me veía a mí mismo como todo un héroe, como un San Jorge ante el dragón o un Gary Cooper en una película donde él solo, con el sable y la pistola, desafiaba a cientos de indios.

Desde San Lorenzo seguí por caminos secundarios hasta las afueras de Camarasa. Me acerqué a menos de **109** quinientos metros del puente del Pastor, volado tres meses atrás por los republicanos en retirada, bajo el cual estaba el vado para cruzar el Segre. Estudié la situación con calma. Enseguida me percaté de que no me resultaría fácil cruzar sin que me pillaran, porque había todo un rosario de luces que indicaban la presencia de tropas. A mi lado del río había un par de hogueras ante las que se perfilaban sombras de soldados insomnes. Al otro lado, el republicano, había tres, y una de ellas tenía todo el aspecto de estar situada ante un búnker. Lo primero que decidí fue desembarazarme de la bici: era una pena, pero nunca podría cruzar el río arrastrándola conmigo. La escondí en el fondo de una vaguada, entre coscojos y encinas.

La media luna salió entonces tras las colinas e iluminó mucho más la escena. Brillaba la espuma de las aguas removidas del Segre, y las hojas de los olivos, inmóviles, lucían una pátina de plata. Con tanta luz me habría sido imposible pasar. Afortunadamente, había una nube muy grande que se deslizaba por el firmamento en dirección a la luna. Sería mi oportunidad: atravesar el Segre justo mientras la nube tapara la luz lunar. Me acerqué todo lo que pude al río y memoricé los detalles del recorrido que debería hacer a oscuras.

Cuando la nube negra tapó la luna, eché a correr por la ladera de la colina en dirección al río. Sorteaba a duras penas baches, rocas y matorrales. Llegué al soto resoplando. Atravesé el bosque espeso apartando las zarzas con los brazos, que me sangraron por los rasguños, y llegué jadeante a la orilla del Segre.

La corriente era violenta y el agua rugía. A la derecha distinguía apenas las sombras gigantescas de los arcos del puente dinamitado. Al otro lado del río, iluminada por un fuego agónico, se distinguía la forma circular de un búnker con ametralladoras. Me adentré poco a poco en el río. Me costaba mantener el equilibrio, porque los guijarros del fondo estaban cubiertos de algas resbaladizas y la corriente era rápida. En la mitad del río, el agua me llegaba al pecho. De repente, perdí pie, caí y la corriente me arrastró. Tuve que chapotear y nadar hasta el tronco de un álamo que viajaba río abajo. Aferrándome a él, conseguí alcanzar la otra orilla, justo cuando la luna volvía a aparecer, fría y rutilante, tras la nube que la había escondido.

Estaba helado y empapado, pero había tenido suerte. Salía exitoso de la prueba más difícil: cruzar el río. Me tumbé sobre la hierba y me quité la ropa. El esparadrapo con el que me sujetaba la Derringer en los riñones se había ablandado con el agua, pero había tomado la precaución de llevar más y volví a pegarme la pistola. En cuanto al pan, el agua lo había deshecho, y me resigné a sobrevivir el día siguiente con el chorizo, el queso y las manzanas. Me vestí, me deslicé entre los chopos y los sauces del soto y me escondí tras de una roca desde la que se divisaba perfectamente el búnker. De la aspillera negra sobresalían los cañones de dos ametralladoras de gran calibre. Lo tenía a menos de cien metros. Con un poco de paciencia, distinguí a los tres centinelas, que se paseaban con el fusil al hombro. Recorrí a gatas unos trescientos metros hasta la cresta de una colina. Ya en la otra vertiente, era invisible desde el búnker.

La luz plateada de la luna iluminaba un paisaje inmóvil y vacío: ante mí ya no había luces, ni búnkeres, ni soldados. Respiré tranquilo y eché a correr. Me detuve, agotado, al cabo de veinte minutos. Era el momento de recuperar fuerzas. Cogí paja de un trigal, me hice una almohada y me tumbé en un ribazo invisible desde el camino.

Me despertó el estruendo de una explosión. Me levanté, asustado. Luego hubo dos más. Venían del Segre, de Camarasa. Siguieron algunas ráfagas de ametralladora. Aunque hubiera tenido miedo, ya no cabía la posibilidad de retroceder: el camino de vuelta a casa estaba cortado. Solo había una ruta: seguir adelante hasta Bellcaire e intentar seguirle la pista a Mateo.

El sol ya estaba alto en el cielo y difundía una luz amarilla y dulce sobre los campos de trigo, de alfalfa y de frutales. Me zampé una manzana, me cargué el zurrón a la espalda y continué por senderos secundarios. Mientras caminaba con paso ligero, oía el estrépito de la guerra a mi espalda, los disparos y las detonaciones, pero cada vez más débiles. Me estaba alejando del frente, en dirección a la retaguardia republicana.

Bellcaire parecía un pueblo fantasma. Cuando había ido por vez primera, semanas atrás, no había población civil, ni mujeres, ni niños, ni viejos, pero al menos estaba lleno de soldados. Aquella mañana no había ningún movimiento. Recorrí la calle de la iglesia hasta las afueras del pueblo, pero no quedaba ni rastro de la compañía de caballería de Mateo. No solo habían desaparecido los tanques y los blindados, sino las tiendas de campaña: era un síntoma inequívoco de que no volverían.

Me dirigí a la Masía Calafí, con la idea de sentarme un rato y buscar alguna pista. El portal de abajo estaba abierto y, cuando estaba al pie de la escalera, oí una voz:

—¿Quién anda ahí?

Me quedé helado.

—¿Quién vive? Conteste o disparo.

—Soy Xavier.

—¿Qué Xavier?

—El amigo de Mateo. Estuve aquí hace unas semanas. ¿Quién eres?

—Sube.

Entré en el recibidor. La casa aún estaba más desguazada: habían arrancado vigas del techo y los marcos de las puertas para quemarlas. El suelo estaba cubierto de papeles, polvo y escombros. Todo despedía un hedor horrible, mezcla de orina, estiércol y fruta podrida.

—¿Dónde estás?

—Aquí, en la cocina.

Dos sillas se quemaban plácidamente en la chimenea. Y delante, tumbado en el suelo, cubierto por una manta, un chico de dieciséis años me apuntaba con un fusil.

—¿Me recuerdas? —dije.

—Sí. Ahora, sí —respondió, bajando el arma—. Siéntate, si quieres.

Le estudié: era uno de los Jorges, el del pelo negro y ensortijado. Pero su aspecto era muy distinto al que había sido semanas atrás. Estaba cadavérico, con piel amarillenta marcada sobre los pómulos, bolsas negras bajo los ojos y una barba rala y anárquica que le tapaba el mentón. Los ojos, hundidos en un rostro delgado, habían perdido el brillo y la vida.

—Eres Jorge, ¿verdad?

—Sí.

–¿Dónde está Mateo? ¿Y los demás?

–Se han ido –respondió, de mala gana.

–¿Adónde?

–A la guerra.

–Pero ¿dónde?

–¿No lo ves, tonto? –me dijo, incorporándose un poco–. ¡En todas partes! ¡La guerra está en todas partes! Nos rodea, nos amenaza, nos consume. ¡Y nos mata! ¿No te das cuenta? Nos mata poco a poco.

Encendió un cigarrillo, aspiró una calada y tosió.

–¡Puf! Esta alfalfa me matará.

–¿Fumas alfalfa? –pregunté.

–Por supuesto. ¿Qué otra cosa podría fumar? Esta maldita guerra no nos ha dejado nada, ni siquiera el tabaco.

Tosió de nuevo y, mientras sufría convulsiones, me fijé en la manta que le cubría de cintura para abajo y recordé lo que había comentado Mateo: a uno de los Jorges le habían herido en una pierna.

–¿Qué te ha pasado? ¿Por qué no te levantas?

–Porque soy un mutilado de guerra.

Tragué saliva y callé. Él continuó:

–Seguro que has visto alguna vez por Lérida o por Barcelona algún mutilado de guerra. De la de África. Son abuelos sucios y andrajosos que se arrastran por las calles y ante las iglesias para pedir limosna. Algunos tienen solo un brazo. O tienen el cráneo deformado por un disparo o una explosión. O les falta una pierna. Y, en algunos casos, las dos, y se mueven sobre un carrito con ruedas pequeñas que impulsan a fuerza de brazos. Son los mutilados de guerra. ¿Los has visto alguna vez?

–Sí.

–Pues yo soy uno. Mira.

Levantó la manta y vi que tenía la pierna derecha cortada por encima de la rodilla. El muñón aún tenía pegada una venda ensangrentada. Se tapó de nuevo, con un gesto despectivo.

–¿Qué ocurrió?

–Nada de particular. Rutinas de la guerra –explicó con ironía–. Estábamos en el frente, cerca de Vallfogona. Ya sabes lo que es un frente: la gente dispara tiros y tira obuses y bombas, algo a lo loco. Los soldados se protegen en las trincheras. Pero de vez en cuando hay que salir a campo abierto, y entonces es la lotería. A mí me tocó el premio gordo: estalló un obús a pocos metros y un trozo de metralla me destrozó la rodilla. Me llevaron al hospital de campaña ya medio desangrado, con un pie en el otro barrio. Me salvé de milagro. Pero la pierna no: la metralla ha sido inventada para provocar gangrena. ¡Gran invento de los militares! Era la pierna o yo, y no se molestaron en preguntármelo. La pierna. A estas alturas, algún perro sarnoso de Vallfogona debe de estar royendo mis huesos. ¡La guerra! No creas que no se la toman en serio. Me visitó un coronel, un tal coronel Martín, un malnacido integral. Me soltó un discursito: la República me agradece mis servicios a la causa, a la clase obrera y a la revolución. No tenía que preocuparme: cuando se instaurara la dictadura del proletariado y expulsáramos a los fachas y los capitalistas del país, yo sería un héroe y la gente me haría reverencias por la calle. ¡Menudo elemento!

Callé. Por primera vez en mi vida sentí que cualquier cosa que pudiera decir, o simplemente pensar, sobraba.

–¿Tienes un cigarrillo? –le pedí.

–¿De alfalfa?

–Como si fuera de fideos.

Jorge rio y me lo pasó. Era horrible, pero no me tragué el humo, y necesitaba tener algo entre los dedos para combatir los nervios. Jorge adivinaba mis pensamientos y dijo:

–¿Quieres saber adónde ha ido Mateo?

–Sí, si es que lo sabes.

–A la muerte.

Me cargué de paciencia y repliqué:

–Todos iremos a la muerte, tarde o temprano. ¿Puedes ser más concreto?

–Él irá muy temprano.

–Pero ¿adónde?

–¿Para qué quieres saberlo?

–Para avisarle del peligro –contesté.

–Ya lo conoce. Estaba a mi lado cuando me cortaron la pierna.

–Pues para pedirle que deserte.

Jorge abrió unos ojos como platos y se rio.

–¿Desertar? Estás loco. No sabes cómo las gastan estos desgraciados. El coronel Martín y todos los de su ralea, los salvadores de la patria y de la clase obrera, no tienen contemplaciones. A la mínima sospecha, te fusilan. Primero te fusilan y luego preguntan.

–Sé que no es fácil, pero quiero intentarlo. ¿Adónde se ha trasladado la compañía de tanques?

–No lo sé. Mateo y los demás me contaron que hoy saldrían antes del amanecer y que se cocía una operación importante. Una ofensiva. Supongo que intentarán atravesar el Segre.

—Eso ya lo sé. ¿Por dónde?

—No les han contado nada. Es un secreto. Pero puedo darte un pequeño indicio.

—Dime.

—Se han ido por la carretera de Linyola, así que la batalla será hacia el sur.

Asentí, satisfecho. Las palabras de Jorge confirmaban mi teoría de que el ataque se produciría por Vilanova de la Barca, en el mismo lugar donde Julio César había construido sus pontones.

—Entendido. Pues me voy a Linyola.

—Que tengas suerte. Y también Mateo, porque la necesitará.

Me levanté y, antes de llegar a la puerta, Jorge me detuvo:

—Espera. ¿Quieres que te confiese algo?

—Te escucho.

—Esta noche he dado muchas vueltas en la cama y he llegado a pensar que, en cierto modo, para mí ha sido mejor que me hirieran y me amputasen una pierna. Seré un mutilado toda la vida pero, al menos, estaré vivo. ¿Tú crees que he tenido suerte?

—Si ello te consuela —respondí—, puedes considerarlo así.

—Pero ¿crees que es una suerte? —insistió Jorge.

—Ahora todavía no lo sabemos. Tus compañeros podrían morir todos o salvarse. Será lo que Dios quiera.

—O lo que tenga que ser.

15. La Operación Caimán

Reemprendí mi viaje, en dirección a Linyola. Los caminos estaban casi desiertos. Solo de vez en cuando me topaba con agricultores ceñudos y furtivos, que me miraban con desconfianza y no me dirigían la palabra. Pasé por delante de una masía ante la que unos niños jugaban y corrían pero, al verme de lejos, se escondieron. Linyola era otro pueblo fantasma, con calles cubiertas de escombros y restos de incendios en las casas, como Bellcaire.

Me hubiera gustado preguntar por una columna de tanques, pero no fue posible. Todo el mundo me rehuía. Continué y, pasado el mediodía, llegué a Vilanova de la Barca. El pueblo se levanta sobre una colina enana que domina el Segre. Al otro lado del río se veían dos pueblos que habían quedado en zona franquista: Torrelameu y Corbins. Y, entre los pueblos, a ambos lados del río, se apreciaban las líneas de las trincheras, con sus sacos terreros, sus alambres espinosos y los búnkeres. En el frente reinaba la tranquilidad: solo algún disparo aislado recordaba que, embutidos en aquellas trincheras, había miles de soldados dispuestos a matar y a morir.

Pero no se percibía ni rastro de una ofensiva. Ni movimientos de tropas, ni tanques, ni vehículos blindados. Nada de nada. ¿Me habría equivocado? ¿Habría emprendido aquella caminata por nada? En eso pensaba cuando oí el zumbido de un avión. Venía del otro lado del río, seguramente del aeródromo situado entre Balaguer y Menàrguens. El avión planeó encima de Torrelameu, viró y puso el morro en dirección a Vilanova de la Barca. Cogió altura y, cuando pasaba por encima de las trincheras republicanas, oí el chasquido de las ráfagas de ametralladora que intentaban abatirlo. Era en vano: iba demasiado alto y demasiado rápido, y solo podían tocarlo por una rara casualidad. Pasada la línea del frente, el avión se acercó al suelo y lo distinguí con claridad: era un aparato pequeño, con dos hélices en las alas y un solo tripulante. Viró hacia el sur, hacia Lérida, y se alejó hasta convertirse en un puntito.

Era un avión de reconocimiento. Estaba seguro. Hacía tiempo que Franco, con el apoyo que le brindaba Hitler, se había adueñado del cielo. Los republicanos se habían quedado sin aviones y Rusia ya no proporcionaba más. La aviación era la gran ventaja con la que contaba Franco para doblegar a sus enemigos: le permitía bombardear, acosar y obtener información sobre los movimientos de tropas de los republicanos.

De repente, lo entendí todo: los tanques no podían estar en Vilanova de la Barca, porque los detectarían los aviones y avisarían de la ofensiva. Si los republicanos eran listos, el plan debía ser sencillo: esconder los tanques y demás tropas en algún lugar cercano a Vilanova y esperar a la noche para trasladarlos e iniciar el ataque por sorpresa. Si acertaba, era probable que Mateo y sus compañeros estuvieran en ese momento dispersos entre masías y corrales o cobijados en bosques de chopos. Como me resultaría imposible encontrarlo, opté por esperar la noche tranquilamente.

Me instalé en una casa abandonada de la calle Mayor para recuperar fuerzas. Encontré una cama con colchón de paja, me senté y me zampé todo el queso y medio chorizo. Después me estiré y, en pocos minutos, ya roncaba. Me desperté a media tarde y me armé de paciencia.

Tras la puesta de sol, me aposté en la carretera de Lérida. Y acerté. Llegó un Jeep con las luces apagadas, que llevaba como pasajeros dos coroneles, uno de ellos con un parche en el ojo derecho, como los de los piratas. Aparcaron en la plaza y entraron en el ayuntamiento. Poco después, comenzó a desfilar una retahíla interminable de camiones cargados de soldados que, siguiendo órdenes de los oficiales, se escondían en casas que parecían asignadas previamente. Luego llegaron vehículos blindados y, finalmente, los tanques. Vilanova se había convertido en un hormiguero. Escondido tras el tronco de un olmo, los veía pasar y trataba de distinguir el nombre del que me interesaba: Mercedes. Pasaron dos columnas de diez tanques, pero Mateo no estaba en ninguna de ellas. En cambio, apareció en la tercera columna.

La seguí. Se dirigió hacia unos almacenes a la salida del pueblo, hacia el norte. Algunos tanques se cobijaron en una nave de ladrillo. El Mercedes y otro se metieron en un pajar. De repente, uno de los tanques encendió las luces, hubo gritos y risas y se apagaron de nuevo. Distinguí cómo se abrían las trampillas superiores y empezaban a salir los tripulantes, tres por cada tanque. Mateo fue el último en salir, se irguió sobre la oruga y saltó sobre la paja. Escuchaba apenas la conversación:

–... Instrucciones del coronel Martín...

–... Nos espera en el ayuntamiento... media hora...

–... Plan de operaciones... mapas...

–... En una hora... medianoche...

Cuatro de los tripulantes marcharon hacia la plaza. Mateo se quedó con el otro. Supongo que serían los dos reclutas, los de la Quinta del Biberón. Encendieron sendos cigarrillos.

–Alejémonos un poco –dijo Mateo.

–Aquí nos arriesgamos a quemar la paja –añadió el otro.

Se acercaron hacia la pared tras la que estaba escondido y fumaron en silencio. Al fin, el otro soldado tiró el cigarrillo al suelo y dijo:

–Vuelvo al pajar.

–Buena idea –respondió Mateo, riendo–. Si nos pillan lejos de los tanques, nos fusilan.

–¡Te fusilan por cualquier chorrada!

Cuando el otro volvió al pajar, susurré:

–¡Shhtt! Mateo...

Él abrió mucho los ojos y bajó el cigarrillo.

–¿Quién anda ahí?

–¡Sshhht! Disimula.

Se acercó a la valla tras la que me escondía e hizo otra **121** calada al cigarrillo.

–¿Quién eres? ¿Cómo me conoces?

—Soy Xavier.

—¿Qué?

—Xavier. Ven tras la pared.

Mateo tiró el cigarrillo al suelo, lo aplastó con el pie y se deslizó hacia mí. La oscuridad era casi total. Me dijo:

—¿Eres tú, Xavier? ¿De veras?

—¿No me reconoces o qué?

—Pero... ¿estás loco? ¿Qué haces aquí? Esto es territorio republicano y estás en zona de guerra. Pueden matarte.

—Y a ti también.

—Forma parte del oficio —replicó—. Yo soy soldado, pero tú no. Te estás jugando la vida tontamente.

Encendió una cerilla y me iluminó la cara un instante. Le noté el miedo en el rostro. Y supongo que él, en mi cara, vio pánico. Tiró la cerilla al suelo y volvimos a la oscuridad.

—He venido a avisarte —dije—. Te matarán.

—Esto me lo huelo hace días —contestó—. Podías ahorrarte la excursión.

—No es el peligro normal de la guerra. Es peor. Los franquistas han preparado una trampa mortal. Si cruzas el río...

De pronto, se oyó la voz del compañero de Mateo.

—¡Chaval! ¿Dónde diablos te has metido?

Mateo me hizo una seña pidiendo silencio y salió de detrás del muro. Dijo:

—Estaba... buscando... un lugar donde cagar.

—¡Vaya! —rio el otro—. O sea, ¡que estás cagado!

—En el sentido literal. He mirado ahí detrás, pero está lleno de zarzas.

—Ya te cagarás en el tanque, cuando ataquemos.

–No es ninguna broma –replicó Mateo–. Tengo necesidad. Viniendo hemos pasado junto a una casa grande. Seguro que hay una comuna.

–Date prisa. Ya sabes cómo las gasta el sargento.

–Regreso en cinco minutos.

Mateo señaló con un gesto de qué casa se trataba. Fuimos los dos por separado. Nos encontramos en el umbral y entramos en el gallinero de la planta baja.

–¡Eres un canalla! –exclamó–. ¡Cómo te he echado de menos!

Nos dimos un largo abrazo, síntoma de miedo y de alivio.

–¿Cómo has llegado hasta aquí? –me preguntó.

Cuando le resumí mis aventuras, contestó:

–Los tienes bien puestos, chico. ¿E Inma?

–También está preocupada por ti. Cuando le conté lo que sabía, me convenció para que viniera a avisarte.

–Es valiente Inma. Y tú también. No sé si os merezco.

–Seguro que sí –respondí.

–Y ahora cuéntame lo que pasa. No tenemos tiempo.

Le puse al corriente en pocas palabras de lo que había descubierto. Mateo contestó:

–Lo que cuentas encaja en lo que ya sabía. Y también corre el rumor de que el coronel Martín tiene infiltrado un espía facha en el Estado Mayor. Ayer por la tarde hizo fusilar a un soldado y a un cabo, acusados de espionaje.

–O sea, que los han pescado.

–No seas ingenuo –replicó Mateo–. No creo que fueran espías. Nadie lo cree. No había ninguna prueba y el consejo de guerra fue una farsa. Lo único que interesa a los militares es simular que lo controlan todo y meter a todos el miedo en el cuerpo. A esos dos les tocó la lotería. Habría podido ser yo, o Francisco, o Jorge...

—He visto al otro Jorge.

—¿En Bellcaire?

—Sí.

—En el fondo, tuvo suerte. Está en la retaguardia. Aunque sea con una pata de menos, sobrevivirá.

—Lo mismo me decía él —dije—. Pero aún estamos a tiempo. Puedes salvarte.

Mateo frunció el ceño y negó con la cabeza.

—No veo de qué manera.

—Es muy fácil. Deserta. Huye.

Mateo no respondió. Su cara era solo un óvalo negro en medio de la oscuridad. Sacó otro cigarrillo y lo encendió. Su rostro se iluminó unos instantes y le noté un rictus tenso en los labios. Dudaba.

—Si me pillan, me fusilan —dijo.

—Pero si participas en la ofensiva, te matarán los franquistas —objeté.

—De momento —replicó Mateo—, aún no me han matado. En una batalla pueden pasar muchas cosas.

—Tampoco es seguro que te pillen si desertas. Piénsatelo bien. Estamos en medio de una batalla. Si descubren que has desaparecido, dudo que envíen patrullas a buscarte. Cuando tengan tiempo de reaccionar, ya podrías estar en Barcelona. Y allí te resultaría fácil esconderte hasta el fin de la guerra...

—Ya te entiendo. Y como ganarán los fachas, no actuarán contra un desertor de los rojos.

—Exacto.

Mateo chupó el cigarrillo con ansiedad. Miró a uno y otro lado.

–He oído un ruido fuera.

Escuché con atención. Nada.

–Decídete.

–Te digo que he oído un ruido.

Contuvimos la respiración. Pero solo nos llegaba el inacabable cricrí de los grillos. Tiró el cigarrillo, se rascó la nuca y dijo:

–Vale. ¿Cómo lo hacemos?

–Nos damos el piro ahora mismo. Aprovechamos la oscuridad y la confusión. Vamos hacia Linyola por caminos solitarios. Mañana por la mañana podemos estar en Tàrrega y puedes conseguir ropa vieja y desembarazarte del uniforme.

–Adelante, pues.

Cuando ya salíamos, decididos, una voz gritó:

–¡Alto!

Oímos el ruido metálico de los fusiles que nos apuntaban.

–Soy el sargento Ramírez. Estáis arrestados.

–¿Arrestados? –contestó Mateo–. ¿Por qué?

–Por intento de deserción. Lo he oído todo. ¡Atadlos!

Se adelantaron un par de soldados y comenzaron a atarnos las manos en la espalda.

–Yo no soy militar –declaré–. No puede arrestarme.

–En tiempos de guerra, niño, puedo arrestar a quien me dé la real gana. ¡Adelante! El coronel Martín estará encantado de charlar con vosotros.

Nos empujaron por la calle hasta la plaza. Yo, con las manos atadas a la espalda, notaba el tacto de la Derringer pegada con esparadrapo sobre la piel. Como era civil y era un niño, no se habían molestado en registrarme y solo me habían requisado el zurrón. «Estoy de suerte. Aún tengo la pistola», pensé.

16. El coronel Martín

El sargento Ramírez y sus hombres nos escoltaron por callejones oscuros hasta la plaza y nos introdujeron en el ayuntamiento. En el primer piso, en la sala de plenos, estaba reunido el Estado Mayor. Había una docena de militares de alta graduación, que rodeaban una gran mesa cubierta de mapas del río Segre, de Lérida y de Balaguer, por donde movían figuritas que representaban soldados y ejércitos. Dirigían la guerra como si fuera un juego.

El sargento Ramírez se adelantó dos pasos en la sala y saludó marcialmente. El coronel a quien había visto una hora antes, con un parche de pirata en el ojo izquierdo, lo miró con desprecio y espetó:

–¿Por qué me molesta sargento? Estamos resolviendo asuntos urgentes. En esta ofensiva nos jugamos la victoria final.

–Es un asunto importante. Afecta a la moral de la tropa. **127**

El coronel Martín le miró con frialdad, con su único ojo, azul y gélido.

—¿Qué quiere decir?

—He pillado a un soldado que estaba a punto de desertar. La he oído hablar con un cómplice.

El coronel Martín, repentinamente interesado, avanzó unos pasos y se plantó ante Mateo.

—¿Es este el desertor?

—Sí, coronel.

—No me sorprende. Ya había tenido un encontronazo con él, cuando un camarada suyo perdió la pierna. Es de esa gentuza burguesa que no entiende que la revolución solo es posible con sacrificios. Que quieren hacer tortillas sin romper los huevos. Así que ibas a desertar, ¿verdad?

Mateo le aguantó la mirada, desafiándolo, y calló. El coronel Martín prosiguió:

—Te honra que no intentes negarlo, chico. No soporto a los mentirosos ni a los 'señores excusas'. Supongo que ya sabes cuál es la pena para los desertores. Tendría que formarte un consejo de guerra o quizás fusilarte sin más, pero no tenemos tiempo. La Operación Caimán comienza a las 11:50. Falta apenas una hora, ¿verdad?

—Cincuenta y dos minutos, coronel —especificó un teniente.

—Tenemos el tiempo justo. Bien mirado, un hombre como tú, que ha tenido los huevos de intentar desertar, merece otra oportunidad de demostrar su valor. Y de demostrarlo en algo productivo. Participarás en la Operación Caimán, en primera línea de fuego. ¿A qué compañía pertenece este soldado?

—A la segunda del batallón Montseny de tanques —dijo un comandante de caballería.

–Entendido. Tome nota. La segunda irá a la vanguardia. Será la fuerza de choque.

Mateo respiró a fondo y habló:

–No estoy de acuerdo, coronel. Si quiere putearme, putéeme solo a mí, pero no al resto de la segunda compañía.

El coronel Martín rio y replicó:

–¿Ves como no entiendes nada, chico? No se trata de putear. Se trata de que, cuando uno está en el ejército, forma parte de una unidad orgánica. Todo va ligado con todo. Todas las partes dependen de las otras. Si una falla, se hunde el conjunto. Por eso el peor crimen es la deserción: no solo dejas colgados a los oficiales y a los generales. A quién abandonas es a tus compañeros, que dependen de tu trabajo para resistir al enemigo. Y ahora, ¡basta de charla! ¡Llévenselo!

Un par de soldados arrastraron a Mateo fuera de la sala. Entonces, el coronel Martín se fijó en mí.

–¿Y este? ¿Quién es? No lleva uniforme.

–Es un civil –respondió el sargento Ramírez–. Ha convencido al otro de desertar.

–¿De veras? ¿Cómo te llamas, chaval?

–Xavier Casas.

–¿Cuántos años tienes?

–Casi quince.

–¿Y por qué querías que desertara tu amigo?

–Para salvarlo de una muerte segura.

El coronel Martín se rio y contestó:

–Me parece que exageras. En las guerras existe la posibilidad de morir, pero es una posibilidad y nada más.

–En este caso, no.

El coronel Martín se me acercó y me miró fijamente a los ojos. Estaba calibrando si le mentía. Supongo que el resultado del examen fue positivo, porque continuó el interrogatorio.

–¿Por qué lo dices? ¿Qué sabes?

–Tengo noticias de los fachas. Tienen un espía entre vosotros.

–Tenían dos. Los fusilamos ayer.

–Quizá, pero tuvieron tiempo de pasar la información a los fachas. Ahora lo saben todo sobre la Operación Caimán. Os están esperando...

Se levantó un murmullo entre el resto de oficiales. Comenzaron a discutir entre ellos y entendí que no era la primera vez que lo hacían: algunos estaban a favor y otros en contra de la Operación Caimán, y no se ponían de acuerdo. El coronel Martín les dirigió una seña y se callaron.

–¿Y cómo sabes eso? –me dijo.

–Lo sé, y punto.

–Si quieres que te hagamos caso y no ataquemos, deberás decirnos cuál es tu fuente.

Dudé unos instantes y, al final, anuncié:

–El coronel Tapias.

Se hizo el silencio en la sala. Todos miraron el coronel Martín, que comenzó a pasear de un lado a otro.

–Todo encaja –dijo un capitán–. Y si el coronel Tapias nos espera en el otro lado, es mejor abandonar.

–Estoy de acuerdo –añadió un teniente.

–¡Silencio! –gritó el coronel Martín–. No se deje impresionar tan fácilmente. Primero debemos averiguar la fiabilidad de nuestro confidente. ¿De qué conoces el coronel Tapias?

–Es... amigo de mi padre.

–¡Ah! Amigo. Y se reúnen a menudo, ¿verdad?

–Sí.

–¿Y dónde se encuentran?

Era la pregunta clave y, como no tenía preparada ninguna mentira ni sabía hacia dónde conduciría el interrogatorio, respondí la verdad:

–En mi casa. En una masía al otro lado del Segre. Mi padre es capitán del ejército de Franco.

El coronel Martín sonrió, satisfecho, y replicó:

–O sea, que eres un espía.

–No.

–Sí lo eres. Para eso has venido hasta aquí. Para espiar. ¿Por dónde has atravesado el río?

–Por Camarasa.

–Deben de andar muy mal los fachas –dijo Martín, dirigiéndose a los demás militares– si necesitan reclutar a niños de catorce años. ¿Qué os parece? A este chico lo han mandado aquí para espiarnos, y como ha descubierto la Operación Caimán y le hemos pillado, quiere hacernos creer que el coronel Tapias lo sabe todo. ¡Mentiroso! Lo que pretende es robarnos la gloriosa victoria que nos espera si cruzamos el río.

Los otros militares estuvieron un momento desconcertados, hasta que un capitán dijo:

–Pero, coronel. Disculpe, pero su versión no encaja con la deserción del otro soldado.

–Es un espía –replicó el coronel–, y un espía intenta hacer daño al enemigo. En todo.

El coronel Martín refutó otras objeciones, cada vez más tímidas, y anunció:

–Atacaremos a la hora prevista. ¿Cuánto falta?

–Treinta y nueve minutos –respondió un teniente.

–Terminad los preparativos. Yo voy a encerrar al espía y vuelvo.

Salimos del ayuntamiento y el coronel Martín ordenó el sargento Ramírez que se retirara unos pasos.

–¿Quién es tu padre? –me preguntó.

No respondí. Él me dio un puñetazo en la mejilla y caí de bruces al suelo. Me arrastró hasta ponerme de pie.

–¿Quién es tu padre?

–Un capitán de infantería –mentí–. Está a las órdenes de Tapias.

Me soltó. Notaba la sangre y el polvo entre los dientes, pero le dije:

–¿Por qué sigue adelante con esa ofensiva suicida? Usted sabe que digo la verdad.

–Sí, la dices.

–Pero lanzará su ejército a la trampa y morirán miles de soldados. ¿Por qué?

–El sacrificio de miles de soldados no es significativo –respondió el coronel Martín–. Se da por supuesto. Su obligación es morir por una causa superior: la revolución.

–No. Morirán por nada, porque serán derrotados.

–Eso no lo sabes. Aunque Tapias nos espere al otro lado, podemos vencer, si somos lo bastante fuertes y osados.

–No. Es imposible.

–Nada es imposible cuando se persigue un ideal. ¡Ganaremos!

Me percaté de que el coronel Martín era como el reflejo simétrico del coronel Tapias. Ambos mutilados de guerra, ambos autoritarios y despiadados, y ambos justificando su odio y su crueldad con discursos sobre grandes ideales, fueran la patria y Dios o fueran la revolución y la clase obrera. Para ellos, las vidas humanas no tenían valor: solo eran instrumentos para lograr utopías vagas e imposibles.

–¡Usted es un monstruo! –grité.

El coronel Martín esbozó una sonrisa cruel y ya no me hizo caso. Dio instrucciones breves al sargento Ramírez y volvió al ayuntamiento.

El sargento y dos soldados me escoltaron por callejones oscuros.

–¿Adónde vamos? –le pregunté.

–Enseguida lo sabrás.

–¿Me fusilarán?

–Es la pena prevista para los espías –dijo el sargento Ramírez.

–Pero solo tengo catorce años.

–Cierto. Es un pequeño problema. Pero con tu altura podrías pasar por dieciséis.

Puedo decir sin rubor ni vergüenza: estaba muerto de miedo. Había oído muchas historias y leyendas de cómo las gastaban los militares rojos, y no las tenía todas conmigo. Las ejecuciones sumarias menudeaban en el frente: tres soldados, un muro de adobe, disparos de fusil y un cadáver a la intemperie para alimentar perros y cuervos.

–Aquí estarás bien –dijo el sargento señalando una casa.

Tragué saliva. Pero no me pusieron contra la pared: me condujeron a la casa y me subieron al primer piso, a una sala grande con un balcón al fondo que miraba hacia el río.

–Aquí tendrás buena vista –dijo–. Tranquilo, el coronel me dio instrucciones: te quiere vivo para interrogarte más a fondo cuando acabe la batalla. ¿Ves el pilar? Acércate y siéntate.

Me senté sobre las baldosas, con los brazos atados detrás del cuerpo. Uno de los soldados me ató con otra cuerda a la columna.

–Así no tendrás la tentación de salir de paseo y curiosear –dijo el sargento–. Con un poco de suerte, nos acordaremos de traerte comida mañana o pasado mañana. O la semana que viene.

Se rio, con el coro de los otros dos soldados.

–¡No puede dejarme aquí! –contesté–. Además, frente al balcón puedo recibir cualquier bala perdida.

–Lo has pescado. Esta era la idea. Vamos cortos de munición.

Forcejeé con las cuerdas, pero era inútil: los nudos estaban muy bien tensados.

–¡Soltadme! –gritaba–. ¡Malditos hijos de perra!

–Adiós, chico. Un espía listillo como tú sabrá espabilarse solo.

–Y no te preocupes por la comida –añadió uno de los soldados–. He oído un par de ratas moverse entre los escombros.

–Exacto. En caso de necesidad, ya lo sabes.

–¡Rata! ¡Rata cruda!

Bajaron las escaleras charlando y riendo. En pocos instantes me quedé solo, sumergido en la negrura inquietante de la noche. Por el balcón abierto de par en par se distinguían apenas la masa oscura del Segre y un firmamento incendiado de estrellas. De vez en cuando, se oía un disparo aislado, repentino, que contrastaba con el monótono canto de los grillos y el croar unánime de las ranas.

17. Atrapado en las llamas

Faltaba muy poco para el inicio de la Operación Caimán que, por ser furtiva, debía producirse antes de la salida de la luna. Esperé, conteniendo la respiración, hasta que oí tres disparos seguidos, a intervalos de un segundo. ¿Era la señal de ataque? ¿Era el coronel Martín en persona quien había disparado?

Concentré la vista y distinguí apenas las formas negras de los tanques que, como escarabajos gigantescos, desfilaban por un camino y se adentraban en el soto. Era una columna de diez tanques casi invisibles, que se zambulleron en el río, lo atravesaron en pocos minutos y se dispersaron al llegar a la otra orilla. Uno de aquellos vehículos era el Mercedes, donde viajaba Mateo.

Tras perderse los tanques entre la espesura, empezó a cruzar la infantería. Los soldados, con el agua a la cintura y los fusiles levantados sobre la cabeza, corrían a refugiarse entre los álamos y los chopos de la orilla opuesta. El despliegue fue tan rápido que al menos habían cruzado dos centenares antes de que se oyeran los primeros disparos. La Operación Caimán acababa de ser descubierta. Pero era demasiado tarde para los franquistas: ya había bastantes soldados y tanques al otro lado como para defender sus posiciones y proteger al grueso de las tropas que seguían cruzando el Segre.

Hubo un intenso intercambio de disparos y ráfagas de ametralladora. Y pronto se sumaron los morteros y los cañones. Los tanques de la compañía de Mateo intervinieron, disparando contra las trincheras y los búnkeres franquistas. También comenzaron a volar bengalas: colgadas del firmamento, emitían una luz roja y débil bajo la que unos y otros buscaban los blancos a los que apuntar y destruir. Podía distinguir con nitidez la posición de algunos tanques y los movimientos de las compañías de infantería.

De repente, la escena se tiñó de una tonalidad agrisada y fantasmal. El follaje de los chopos y los fresnos, peinado por el viento, emitió reflejos plateados. A los soldados que se preparaban para cruzar el río les creció una sombra al lado. Acababa de salir la luna y la batalla ya se veía con toda claridad. Cruzaron dos compañías de infantería más, y luego otra columna de tanques. Había fuego abundante y explosiones, pero los republicanos avanzaban y consolidaban sus posiciones sin problemas y con pocas bajas.

Parecía un éxito total de los republicanos, ante unos franquistas pillados por sorpresa, sin capacidad de reacción ni de resistencia. Era muy extraño. ¿Y el plan diabólico urdido por el coronel Tapias? ¿Dónde estaba la trampa donde los republicanos tenían que caer de cuatro patas? ¿Y el arma secreta de Mr. Smith? No entendía nada.

Con la oscuridad y el cansancio acumulado del día, empecé a adormecerme. De vez en cuando me despertaba algún obús que caía cerca, en Vilanova de la Barca, pero enseguida volvía a hundirme en un sueño dulce y muy extraño, porque lo que soñaba era lo mismo que veía despierto (el río, los disparos y las bombas), pero contemplado como en una película, sin miedo ni angustia.

Me desperté con el primer resplandor del amanecer. Por el balcón entraba una luz tenue color violeta. El cielo era rosado y gris oscuro, y el agua del Segre tenía un tono azul claro como nunca lo había visto antes, como el del mar. Con una rápida ojeada, confirmé el éxito aparente de la Operación Caimán: las tropas republicanas habían avanzado hacia el este hasta las últimas casas de Torrelameu, y por el sur controlaban toda la orilla del río Noguera Ribagorzana, que en aquel punto desembocaba en el Segre. Los republicanos, superada la primera línea de defensas enemigas, ya habían comenzado a fortificar el terreno conquistado, amontonaban sacos terreros y desplegaban alambre de espino. En primera línea, los tanques castigaban las trincheras enemigas. Todo parecía fácil para los hombres del coronel Martín. En poco tiempo, otra columna de tanques surgió de un almacén donde había estado escondida e inició la travesía del río.

Y fue entonces cuando lo vi.

¡Al fin! El arma secreta de la que había hablado al Generalísimo Franco en su visita al embalse de Camarasa. La que pasaría a la historia como 'la artillería de Mr. Smith'.

Primero noté unas olas extrañas en el río. Como si, en lugar de bajar hacia Lérida, la corriente se hubiera invertido y regresara hacia el Pirineo. Después, el nivel del agua bajó de golpe y, por unos segundos, emergieron los remansos del cauce, empapados y cubiertos de algas. Y, de inmediato, llegó una lengua de espuma blanca que en unos instantes se convirtió en una ola gigantesca. El rugido del agua lo tragó todo: ya no se oían disparos ni obuses. Solo cabía la fuerza brutal de la inundación, de la naturaleza desbordada.

La ola se llevó, como si fueran barquitos de papel, los tanques que estaban a medio cruzar el Segre. También arrastró a los soldados cercanos a las orillas, que pocos minutos después intentaban nadar o agarrarse a las ramas, maderos y todo tipo de detritus que flotaban sobre las aguas. Los más afortunados no lograron salir del río hasta Lérida. Del resto, sus cadáveres aparecieron al día siguiente, hinchados, entre los cañaverales de Mequinenza.

En pocos minutos, el efecto destructivo de la primera ola ya había pasado, pero la corriente era fortísima y había invadido el soto de los dos márgenes. Además, el Segre había aumentado mucho su profundidad y se había ensanchado: había pasado de tener cien metros de anchura a casi trescientos.

Mr. Smith, con la colaboración de mi padre, había abierto las compuertas del embalse de Camarasa tras recibir el aviso del coronel Tapias. Y entendí cuál era su estrategia: atraer a los republicanos al otro lado del río, darles carnaza y, en el momento más inesperado, provocar la inundación, con una consecuencia doble: cortaba la retirada a las tropas republicanas que combatían en la orilla franquista e impedía a los republicanos enviarles refuerzos y municiones. Por perversa, la jugada era magistral. Mateo y todos los que, como él, habían atravesado el Segre, habían quedado aislados e indefensos ante un enemigo que pronto sería abrumadoramente superior en número y armamento.

Los republicanos apenas tuvieron tiempo de recuperarse del susto. Tras la artillería de Mr. Smith, hizo acto de presencia la aviación, que había estado ausente durante la noche. La primera escuadrilla con una docena de aviones apareció por el norte y voló rasante para bombardear las posiciones republicanas junto a Torrelameu y el Noguera Ribagorzana. Una segunda escuadrilla, con seis aviones, se dirigió a Vilanova de la Barca y vació sus depósitos de bombas. Fue un infierno. Pronto olí a pólvora y chamusquina: empezaba a haber incendios en el pueblo.

Si quería sobrevivir, debía huir de aquella casa vacía, porque la batalla ya se había trasladado a Vilanova de la Barca. Pero no podía moverme. Tenía las manos atadas a la espalda y al pilar. Forcejeé. Intenté alcanzar los nudos estirando los dedos. En vano. Lo probé con rabia, con fuerza y con tozudez, pero nada: solo conseguí hacerme sangrar las muñecas y estrechar más los nudos.

Una hora más tarde, el escuadrón de seis aviones, que había retrocedido hacia el aeródromo de Balaguer para cargar bombas y munición, regresó. Los vi, por el balcón, venir directos hacia mí. Uno de ellos sobrevoló la casa y se oyó una explosión fortísima. El cuarto se llenó de polvo y se hundieron las vigas y la mitad del techo a mi espalda. Tosí. No oía nada, solo un silbido: el estruendo de la bomba me volvió sordo por unos minutos.

139

Cuando el polvo se desvaneció, lo sustituyó la humareda. Era un humo negro y espeso, maloliente. Y noté calor en la nuca y la espalda. Atado al pilar no podía dar media vuelta, pero la deducción era clara: había un incendio. Las llamas estaban en la habitación, detrás de mí, y moriría asfixiado o, peor aún, asado. Todo el día había rehuido recordarlos, pero en ese instante no pude evitar pensar en mis padres. Si algún día llegaran a descubrir que había muerto quemado en aquella casa, mi madre se moriría de tristeza, y mi padre de tristeza y culpa.

Pero no tenía tiempo para detenerme, ni pensar, ni arrepentirme. Forcejeé de nuevo, pero con poca fe. El humo era más espeso. Miré por el balcón y pensé en Mateo, metido dentro de un tanque en medio de una batalla y condenado como yo. Ya no valían pactos, ni promesas de ayudarnos ni salvarnos juntos: estábamos a punto de morir los dos. Era el fin. ¿O no?

De pronto, recordé la Derringer. Mateo me la había regalado para que la utilizara en un momento de necesidad. La pequeña pistola estaba todavía en mis riñones, al alcance de mis manos, pegada con esparadrapo. Tuve una idea loca: ¿y si rompía las cuerdas que me ataban disparando un tiro?

Con la mano derecha, encontré una punta del esparadrapo, lo despegué y palpé el arma. El tacto frío y el peso de la pistola en la palma de la mano me estimularon: sí, podía conseguirlo. Empuñé la Derringer y acaricié el gatillo con el dedo índice. Tenía dos disparos. Solo dos. Y no era nada fácil seccionar la cuerda: una cosa era hacer prácticas de tiro al aire libre contra una lata situada a cinco metros, y otra muy diferente disparar a ciegas contra una cuerda invisible en una sala incendiada.

Sujeté bien el arma y contuve el aliento unos instantes. Disparé. Forcejeé con las manos y tiré de la cuerda. En vano. Palpé las cuerdas. Estaban enteras: la bala ni siquiera las había rozado.

Sudaba. Oía el crepitar de las llamas detrás de mí y el humo era cada vez más espeso. No podía perder ni un instante, y el segundo disparo apenas lo preparé: lo fie todo a la inspiración del momento, o a la suerte, o al destino, o tal vez a Dios. Disparé.

Cerré los ojos, me concentré y estiré los brazos. ¡Estaba libre! Me levanté, pero caí de bruces: tenía las piernas entumecidas de tantas horas sentado y atado. Me erguí a duras penas. Tenía llamas detrás, pero la puerta de salida todavía estaba franca. Corrí hacia fuera y me precipité escaleras abajo hacia el portal de la casa. Pero, cuando estaba en el último tramo, todo tembló. El techo se desplomó y cayeron vigas, carrizos y escombros en llamas. El polvo y el humo me cegaron. El paso estaba cerrado.

Solo podía volver atrás. Salté escaleras arriba y entré de nuevo en la habitación. El humo era tan espeso y caliente que no podía respirar. Los ojos me lloraban y mis pulmones parecían a punto de estallar. Me mareé y pensé, en un relámpago de lucidez: «Si ahora me desmayo, moriré». Pero estaba paralizado. En medio de la humareda, distinguía el rectángulo de luz del balcón abierto. Era mi única oportunidad. Corrí, me apoyé en la barandilla y salté a la calle.

Había una altura de tres metros. Se me doblaron las rodillas y me golpeé de narices con los adoquines de la calle. Quedé aturdido unos instantes. Después tosí, expulsé el humo que aún me llenaba los pulmones y respiré hondo.

141

En la boca tenía un sabor de sangre y de polvo. Se me destaparon los oídos, que me silbaban desde la explosión, pero de pronto oí un zumbido.

Abrí los ojos y lo vi. Un avión acababa de pasarme por encima. Describió una curva en el cielo y comenzó a disparar sus ametralladoras. En unos instantes se había girado en círculo y venía de cara hacia mí. Intenté moverme, pero no podía. Me di cuenta de que tenía una de las piernas inmovilizada y noté un pinchazo de dolor en el tobillo: se me había dislocado por la caída.

Estaba quieto, en plena calle, con un avión que venía de cara y que escupía fuego por las bocas de las ametralladoras de las alas. Algunas balas silbaban a mi alrededor y otras se estrellaban en el suelo y levantaban arena y piedrecillas que me salpicaban la cara. Estaba paralizado por el terror. Cerré los ojos y me di por muerto.

18. La deserción del Pulgas

Entonces noté que alguien me cogía por las axilas, me levantaba y me arrastraba a toda velocidad hacia la esquina de un callejón. Las balas dibujaron una línea de muerte, el avión pasó rasante y se alejó. Me había salvado. La presencia invisible volvió a arrastrarme hacia un portal. Oí una voz familiar:

–¿Le tienes?

–Sí –respondió mi salvador.

–¿Le han dado?

–Creo que no.

Me subió por unas escaleras y me dejó tumbado sobre una alfombra polvorienta. Tosí e intenté abrir los ojos, pero aún estaba cegado por el humo y el polvo.

–Justo a tiempo, ¿verdad, Xavier?

Entonces reconocí la voz y, en un esfuerzo supremo, me froté los ojos y vi la cara de Inma, difuminada y luminosa, como quien ve un ángel.

–Tienes que recuperarte. Descansa.

Intenté responder, pero en vano. Era como si tuviera una bola de trapo en la boca.

–Descansa –insistió Inma.

Sin querer, obedecí. Noté un mareo y me desmayé.

Cuando desperté, el sol ya estaba alto y entraba a raudales por la ventana. Se oía el estrépito constante de disparos y explosiones, pero eran lejanos. Los aviones ya no sobrevolaban Vilanova de la Barca y la batalla se había concentrado en la otra orilla del Segre. Los ojos me ardían. Me los froté con las manos. Lo veía todo desenfocado, pero reconocí la cara que me observaba: era el Pulgas.

–¡Vaya! –se rio–. La Bella Durmiente despierta.

–¿Pulgas?

–Exacto.

–¿E Inma?

–Ha salido un momento a buscar agua.

–¿Habéis venido los dos?

–Desde San Lorenzo –explicó el Pulgas–. No imaginábamos que te encontraríamos aquí. Has tenido mucha suerte. ¡El malnacido del avión quería raparte el pelo con la hélice!

Intenté levantarme, pero el Pulgas me detuvo:

–Quieto, compañero. Con la caída te has dislocado el tobillo. Lo tienes hinchado como una calabaza. Además, estabas intoxicado. Me parece que hay más hollín en tus pulmones que en la chimenea de mi abuela.

–No importa –repliqué–. Estoy bien...

En ese momento entró Inma con un barreño de agua. Lo dejó en una mesa y corrió a abrazarme.

—¡Gracias a Dios! —exclamó—. ¿Estás bien?

—Solo un poco abollado —respondí, tratando de sonreír.

Noté dos cosas: yo me había sonrojado e Inma también se había puesto roja como un tomate. El Pulgas nos observaba con una media sonrisa sarcástica y dijo:

—Basta, pajaritos. Tenemos trabajo. Estamos en mitad del frente. ¿Has pensado en cómo salir de aquí?

—No —respondí, incorporándome.

—¿Quieres agua? —dijo Inma.

—Sí. Tengo la garganta reseca.

Mientras Inma me traía un vaso, dije:

—Imagino que tú debes de tener un plan...

El Pulgas se encogió de hombros.

—No, no tengo ninguno.

—O sea, ¿que has llegado aquí —le pregunté— sin saber qué harías después?

—¿Lo sabías tú? —replicó el Pulgas.

—No. Pero la gente mayor, supuestamente, piensa estas cosas.

El Pulgas rió de buena gana y explicó:

—Cierto. Normalmente, las personas mayores pensamos tanto las cosas que nos volvemos cobardes y egoístas. Me lo hizo ver Inma. ¿Verdad, niña?

Inma asintió con picardía. Estaba orgullosa de sus virtudes para la persuasión: nos había convencido por separado, en tiempo récord, al Pulgas y a mí.

—Seguro que a ti te hizo lo mismo —añadió el Pulgas—. Inma tiene la lengua muy ágil. Me hizo un discursito sobre el pobre Mateo, que lo matarían y tal, tan elocuente, que no supe resistirme. Había que cruzar el río para avisarle.

Y lo hemos hecho. Atravesamos el Segre por el puente de Camarasa...

—Yo también. Pero no os vi.

—La noche es larga y oscura. Ayer, Inma y yo vagamos todo el día cerca del frente y esta noche hemos oído el fragor de la batalla y nos hemos acercado a Vilanova de la Barca. Supongo que hemos hecho más o menos como tú.

—Pero con una diferencia —acoté—, y es que tú ya no puedes volver atrás, ¿verdad?

—Pues no. He abandonado mi regimiento. En este momento soy un desertor, y si los fascistas me pillan, me fusilan —el Pulgas hizo una pausa y encendió un cigarrillo—. Pero tranquilos: no soy ningún héroe. Ni lo he hecho por altruismo ni para salvar al tarambana de Mateo. Todo esto me ha venido bien, porque ya hace tiempo que valoraba la posibilidad de desertar. Ya sé que es absurdo, justo cuando Franco y sus esbirros están a punto de ganar. Pero ¿qué os diré? Dudo que sea muy agradable vivir en este país cuando lo gobiernen un grupo de militares sanguinarios y locos como cabras de la Legión.

—Entonces, ¿qué vas a hacer?

—Largarme, ahora que estoy a tiempo. A Francia, por ejemplo. Pero ahora el problema no soy yo, sino Mateo. ¿Qué sabes de él?

—Le he visto.

—¿De veras?

—Y he hablado con él.

—Entonces, ¿se ha salvado? —preguntó Inma.

—Las cosas no salieron como esperaba. Os lo contaré...

Les resumí los acontecimientos del día anterior y de aquella noche: Mateo había terminado dentro del tanque al otro lado del río y yo atado a un pilar de una casa consumida por las llamas.

Cuando terminé, se hizo un silencio. Inma me miró con intensidad y me dijo:

–Has sido muy valiente.

Yo, agobiado, no supe qué responder.

–Te juzgué mal –añadió–. Perdóname.

–Por supuesto.

El Pulgas se encendió otro cigarrillo.

–La alfalfa es horripilante –dijo tosiendo–. Sí, Inma, gracias: todos hemos sido muy valientes, nos hemos arriesgado y hemos sobrevivido, pero para nada. La vida es triste y dura: Mateo ha quedado atrapado en la trampa del coronel Tapias y no hay remedio. Hemos llegado tarde.

–¿Tarde? –objetó Inma–. De ningún modo. Todavía podemos salvarlo.

–¿Cómo?

–Volviendo al otro lado del río.

El Pulgas se rio y exclamó:

–¡Esto ya es demasiado, niña! ¿Con la riada que hay? Es imposible.

–Hay que encontrar un lugar adecuado. Seguro que Xavier nada bien...

–Sé nadar, pero será imposible cruzar con esa corriente...

–También decías hace un par de días que era imposible llegar hasta aquí y encontrar a Mateo.

–No es lo mismo. Ha habido una ofensiva...

—Y, ahora, ¿excusas? –dijo Inma.

—No son excusas –intervino el Pulgas, para ayudarme–. Incluso en el caso de que Xavier pudiera atravesar el Segre, ¿qué haría? ¿Qué? Al otro lado hay una batalla de verdad, muy cruenta. En dos días no quedará bicho viviente al otro lado del río.

—Razón de más para intentarlo –añadió Inma, inflexible.

—Eres muy testaruda, niña.

—Si no fuera testaruda, no estaríamos aquí.

Se miraron, desafiantes, hasta que el Pulgas soltó una risita. Tiró la colilla y dijo:

—Seguiremos hablando de este asunto. Tenemos todo el día por delante, pero hay que ir por partes. Lo más urgente es alejarnos de Vilanova. Estamos demasiado cerca del frente y los bombardeos pueden reiniciarse en cualquier momento. ¿Te parece bien?

—Me parece bien –replicó Inma–, *por ahora*.

—Entendido. De entrada, necesitaremos una muleta para Xavier.

El Pulgas registró el corral y encontró una horca vieja. Rompió tres de los gajos y quedó un palo erecto y resistente: una bonita muleta. Con la axila derecha en la horca y el brazo izquierdo apoyado en el hombro del Pulgas, salí de la casa.

—Procuremos que no nos vean –expliqué–. Soy un prisionero. Si me pilla el coronel Martín, me fusilan.

—Andaremos con cuidado –respondió el Pulgas–, pero creo que tu coronel tiene trabajo más urgente que fusilarte. En el pueblo no se ve ni un alma.

En efecto, las calles estaban desiertas. Todas las tropas, los vehículos y la artillería estaban concentrados cerca del río, donde se intercambiaba un fuego muy intenso. Cruzamos la carretera y nos alejamos de Vilanova por los caminos polvorientos de la inmensa llanura cuadriculada de bancales de trigo, de alfalfa y de maíz. Anduvimos cuatro o cinco kilómetros hasta una masía escoltada por un ciprés negruzco y cuatro chopos altísimos. Atravesamos la era y el Pulgas asomó la nariz en el umbral. El interior estaba oscuro como la boca del lobo. Dijo:

–¿Hay alguien?

Una voz respondió:

–Toño. Soy el Toño, de Los Carretillas. ¿Quiénes sois?

–Traigo un niño herido.

Toño salió. Era un viejo muy viejo, arrugadísimo, pero simpático y vivaracho. Me miró, se sacó el cigarrillo de los labios y escupió.

–¿Es este?

–Tiene el tobillo bastante fastidiado.

–Pues pasad.

–Gracias.

Entramos, subimos unas escaleras y nos instalamos en el primer piso, frente a una ventana. Me acosté en una colchoneta de paja y Toño me miró.

–¿Sabes que te pareces a uno de mis nietos?

–No.

–Pero es mejor que no te parezcas demasiado. Está muerto.

No respondí.

–Le mataron hace unos meses, en Teruel. ¡Maldita guerra! Pero podemos eludirla, ¿verdad?

–No.

–Estoy totalmente solo. Mis hijos andan por Barcelona y mis nietos están algunos muertos y otros en el frente. ¿Qué puedo hacer? Mis vecinos de las masías de los alrededores han huido por la guerra. Me visitaban con sus carros cargados de trastos y me decían: «Toño, ¿qué esperas para huir?». Y les contestaba: «¿Huir adónde? Ya no tengo nada, salvo esta casa medio hundida y estos pedazos de tierra». Así que me quedé. Vivo como un pajarito porque, a mi edad, como poquísimo. O sea que ahorro y ayudo los viajeros y los fugitivos, como vosotros. ¿Tienes hambre?

–Muchísima.

–Pues toma y que te aproveche. El abuelo Toño invita: queso, aceitunas, higos secos, tomates y manzanas del huerto. Y pan. Un poco seco, pero comible: lo hago yo mismo en un horno viejo dos veces por semana.

Engullimos como bestias, casi sin respirar entre bocado y bocado.

Mientras Inma y yo, muertos de cansancio, dormíamos la siesta, el Pulgas salió para explorar y recoger información. Regresó cuando ya oscurecía. Yo seguía tumbado en la colchoneta, con Inma a mis pies. Toño había encendido la lumbre en la chimenea y preparaba una sopa de cebolla en una cacerola de hierro.

El Pulgas se sentó en una silla frente a mí y anunció:

–He localizado un lugar por donde atravesar el Segre.

–¿Dónde?

–Cinco o seis kilómetros río abajo, entre Alcoletge y Lérida. El Segre pasa por una hondonada. Hay colinas a ambos lados, poco fortificadas, y el río describe una gran curva. Es factible cruzarlo, aunque la corriente sea fuerte.

No importa que tengas el tobillo jodido: dentro del agua no lo necesitarás.

–Vale –respondí–. ¿Cuándo lo hacemos?

–Esta noche. Podemos esperar a que salga la luna: hay poca vigilancia en ese tramo. Tú y yo saldremos de aquí a medianoche y...

–Un momento –repliqué–. ¿E Inma?

–¡Ah, ya! –el Pulgas se detuvo y prosiguió, poco a poco–. Inma, ¿tú sabes nadar?

Tras una pausa, Inma dijo con énfasis:

–No. No sé.

–Pues ya está decidido: Xavier pasará solo.

Los dos estaban de acuerdo, pero me rebelé:

–Ni hablar. ¿Inma se quedara aquí, sola?

–No –replicó el Pulgas–. Yo estaré con ella.

–Me refiero a que será lejos de su casa. De sus padres. De su familia.

–Les he dejado una nota. Ya saben dónde estoy. Y saben que, si no regreso pronto, me espabilaré para cobijarme en Barcelona, con unos tíos.

Me quedé desconcertado unos instantes, pero insistí:

–Es demasiado peligroso. Tienes que volver conmigo.

–No. Me quedo con el Pulgas –replicó Inma levantándose de repente.

–No puedes quedarte.

–Sí que puedo.

–Pues, entonces, me quedo aquí también.

–Ni lo sueñes. Tú te piras a la otra orilla.

–Pero, aunque lograra cruzar, ¿qué puedo hacer solo?

–No estarás solo. No olvides a tu padre.

–¿Mi padre?

–Él es capitán de los fachas, ¿verdad? Y un día habló con Franco, ¿no? Podría utilizar su poder y su influencia en favor de Mateo.

No podía replicar que mi padre, el capitán Casas, no tenía ninguna simpatía ni por los rojos en general, ni por Mateo en particular. Pero me callé.

–Tu padre puede intentar detener la batalla. Y, si no, si los fachas hacen prisionero a Mateo, tiene en su mano ayudarle. Con su intervención, podría evitar que le fusilen.

–Dudo que mi padre –dije, poco a poco– haga nada de eso.

–Pero hay que probarlo, Xavier.

Levanté los brazos, desesperado. ¿Cómo explicarle a Inma que mi padre y yo no nos llevábamos bien y sería imposible convencerle?

El Pulgas nos miró con aspecto divertido. Se levantó, se llevó las manos a la cabeza, gruñó algo así como «ah, la juventud» y se dirigió a la chimenea. Toño y él se sirvieron un plato de sopa de cebolla, cogieron el porrón de vino y media hogaza de pan.

–Vamos afuera a cenar –dijo el Pulgas–. Cuando os aclaréis, avisadme.

19. Una leve insinuación

El sol se ponía y la estrecha ventana bajo la que estaba acostado se tiñó de rojo. Inma suspiró, se movió a un lado y a otro, indecisa, y volvió a sentarse. Pero ya no a los pies de la colchoneta, sino al lado, a la altura de mi vientre. Notaba el aroma de su piel y el tacto y el calor de su muslo. Se acercó a mí e intentó hablar dos veces, pero cuando abría los labios se quedaba muda. A la tercera, dijo solamente:

–Xavier...

Yo respondí:

–Inma...

–Yo... No puedo ir contigo. Me ahogaría. ¿Lo entiendes?

–Sí.

–Pero debes ir tú. Solo.

–No. Me quedo contigo.

Inma se movió, inquieta, y prosiguió:

–Yo no te necesito.

–No es cierto.

—Lo es —añadió—. Quien te necesita de veras es Mateo. Él está en peligro. Y solo puedes ayudarle, con tu padre, el capitán, si pasas al otro lado del Segre.

—¿Y tú?

—Ya me espabilaré con el Pulgas. Lo único que importa ahora es Mateo...

Lo dijo con vehemencia pero también, al final, con un matiz de arrepentimiento que me dejó paralizado. La vehemencia tuvo un efecto instantáneo: me provocó unos celos muy dolorosos, ya que para ella solo existía Mateo. El resto del mundo, y yo incluido, éramos, a sus ojos, apenas sombras sin consistencia.

Temblé como una hoja al entenderlo, pero inmediatamente le atravesé los ojos y recordé que, mezclado con la vehemencia, al final de la frase, había brotado un matiz de arrepentimiento. Sí, arrepentimiento. Ella bajó los ojos, avergonzada, porque lo entendió al mismo tiempo que yo, y entendió que yo lo entendía.

Ella tenía que pedirme que salvara a Mateo porque era su obligación. Eran novios. Tenían un compromiso. Era impensable que no me lo pidiera, que no me lo exigiera. Pero bajo esa obligación inflexible hacia Mateo, había otro sentimiento: ¡también se había enamorado de mí!

No me lo dijo. Ni en ese momento, ni en ningún otro, pero yo lo leía en cada uno de sus gestos. Ella era demasiado buena y fiel a Mateo para decirlo en voz alta. Y yo también era amigo de Mateo y lo entendía. Si en ese momento cualquiera de los dos hubiera pronunciado las palabras «te quiero», nos habríamos arrepentido toda la vida. Pero fuimos lo bastante generosos y fieles como para evitarlo.

Y así todo quedó en nada: apenas en una leve insinuación.

Inma sonrió, satisfecha. Se percataba de que yo lo había entendido. Y que entendía que ella también lo había entendido. Porque cuando dos personas han nacido para entenderse, como Inma y yo, las palabras sobran.

–Parece que tendremos que separarnos, Xavier –dijo–. Tienes una tarea entre manos.

Estaba tan trastornado que solo pude repetir:

–Sí, una tarea...

–Pero será después de la cena, en cualquier caso –continuó Inma, adoptando un tono neutro–. ¿Has olido la sopa de cebolla del abuelo Toño? Te irá bien para estar en forma esta noche.

Retrocedió hacia la chimenea y descolgó la olla cogiendo el asa con un paño para no quemarse. Después buscó un par de platos y dos cucharas de madera y sirvió. Se sentó frente a mí y nos zampamos los dos platos de sopa, en silencio. Solo sorbíamos y, de vez en cuando, nos reíamos. He viajado a menudo por Francia y he probado la *soupe à l'oignon* de los mejores restaurantes del país, pero puedo asegurar algo: ninguna ha vuelto a tener los mil sabores de la sopa de esa noche de verano en aquella masía en ruinas cerca de Vilanova de la Barca.

Cuando terminábamos regresó el Pulgas. Nos observó con sorna e interés y dijo:

–¿Qué tal? ¿Firmasteis la paz?

–Sí –dijo Inma.

–Todo aclarado. Vendré contigo.

–Pues a dormir –dijo el Pulgas–. La noche será larga. Ya te despertaré.

Me estiré de lado. La luz roja ya se había evaporado y tras el rectángulo de la ventana se distinguían las primeras estrellas. Las veía brillar, y confundía su titilación con los latidos de mi corazón, y con los de Inma, y todos, las estrellas, Inma y yo, formábamos un todo, una unidad inseparable, un magma blando y cálido donde me zambullí en un sueño dulce.

Todo estaba a oscuras cuando me despertó el Pulgas con tirones violentos.

–Duermes como una tronco, niño –se quejó–. Un poco más y tengo que despertarte de un puñetazo.

–¿Ya es hora?

–Son más de las dos.

Me ayudó a levantarme y me tendió la muleta. Miré inquieto a un lado y otro.

–¿Buscas a Inma? Está ahí.

El Pulgas me señalaba un rincón. Me acerqué. Cuando mis ojos se acostumbraron a la oscuridad, distinguí el cuerpo negruzco de Inma que yacía en un montón de paja. Me llegaba el rumor mínimo, sereno, de su respiración. No quise despertarla.

–Adiós –murmuré.

–Se dice 'hasta la próxima' –corrigió el Pulgas.

Sonreí y me vi la vuelta. ¡Cuánta razón tenía el Pulgas! Me apoyé en la muleta y su hombro, bajamos las escaleras y salimos por el umbral de la masía. La noche era clara. La luna ya se había levantado sobre el horizonte del este e iluminaba la inmensa llanura como un farol pálido y gigantesco.

Pasamos ante un corral para cerdos, cruzamos un puente sobre una acequia y tomamos un camino.

–¿Cuánto nos queda por delante? –le pidió.

–Unos seis kilómetros. Ve más ligero o a este ritmo no llegamos hasta pasado mañana.

Aceleré tanto como pude, pero cada vez que la pierna derecha tocaba el suelo veía las estrellas, de tan mal como tenía el tobillo. Y la izquierda, de tanto forzarla y apoyar en ella todo el peso del cuerpo, en poco tiempo me dolía tanto como la otra. Así, resoplando y riéndome de las ocurrencias y las anécdotas que el Pulgas contaba para distraerme, llegamos a las cercanías del Segre.

Trepamos a una colina, desde donde estudiamos la situación. El río pasaba justo por debajo nuestro, encajonado, y describía una curva como de hoz. La zona era tranquila, aunque, hacia el norte, se oían los disparos y las explosiones de la batalla de Vilanova de la Barca. El Pulgas señaló tres puntitos de luz en los cerros de la otra orilla: eran los puestos de guardia de los franquistas.

–¿Y los de los republicanos? ¿Dónde están?

–Tienes uno a la derecha y otro a la izquierda. Los he visto esta mañana, pero están escondidos entre las matas de encinas y no los distinguimos.

–Hay mucha luz –comenté–. ¿No es demasiado arriesgado?

–En mi barrio, en el Pueblo Seco, siempre dicen que quien no arriesga, no pesca.

–No pesca, ¿qué?

–Cada uno sabrá lo que le interesa. En tu caso, ¿no es esa chiquilla, Inma?

Asentí en silencio y el Pulgas continuó:

–Yo te acompaño hasta la orilla. Te metes en el agua y, a partir de ahí, tienes todo un mundo por delante.

–¿Y tú? ¿Qué vas a hacer?

–Regreso con Inma. Y si la situación no mejora, emigraremos a Barcelona.

Bajamos la ladera con precaución. A la orilla del río, tiré la muleta. La corriente era negruzca y rotunda, potente y sólida. El agua rugía: un estrépito macizo y continuo, como el de un rebaño de mil vacas que mugieran todas a la vez. Las olas cruzaban la superficie del Segre, reluciente con el alquitrán, y resplandecían a la luz de la luna. Había más de doscientos metros hasta el otro lado, donde los enormes álamos y los esbeltos chopos se inclinaban por la fuerza de la corriente.

–¿Qué? ¿Acojonado?

–Sí.

–Perfecto. Esto significa que eres sensato.

Me quité las zapatillas para que no me molestaran y fui cojeando hasta el fango de la orilla. El agua estaba helada.

–Nada con todas las fuerzas hacia el otro lado. No desmayes. La curva que describe el río te ayudará. ¿Queda claro?

–Sin problema.

–Hasta la próxima –dijo estrechándome la mano.

–Eso, hasta la próxima.

Avancé unos metros hasta que el agua me llegó a la cintura. Entonces respiré hondo y me zambullí.

Apenas recuerdo nada de la travesía. Solo el frío, el ahogo, el dolor del tobillo y un cansancio que parecía arrastrar mi cuerpo hacia el fondo del río. Pero me sobrepuse y sobreviví, aún no sé cómo.

Me reencontré conmigo mismo en la otra orilla, empapado, exhausto, inmóvil, jadeante. Descansé un rato mirando al firmamento, me espabilé y empecé a caminar hacia la cima del cerro, penosamente, arrastrando la pierna derecha. No tardé en distinguir la luz de uno de los puestos de vigilancia de los franquistas. Pero ya no podía dar ni un paso y chillé:

–¡Socorro! ¡Auxilio! ¡Aquí!

A los pocos minutos oí voces que se acercaban. Repetí la llamada, hasta que distinguí las sombras de los soldados de la patrulla.

–¡Aquí! Vengan.

Un sargento me vio tumbado en la hierba, empapado, sucio, andrajoso y cubierto de sangre. Exclamó:

–¡Si es un chico! ¿De dónde vienes?

–De la otra orilla.

Dos de los soldados levantaron sus fusiles y me apuntaron.

–Estaba prisionero y he huido –expliqué, nervioso–. Soy hijo del capitán Casas, que sirve al Generalísimo en el embalse de Camarasa.

–¿El capitán Casas? –repitió el sargento.

–¡Y soy amigo del coronel Tapias!

La coletilla tuvo un efecto tan fulminante que no tuve duda de que el coronel era el hombre más temido y odiado de aquella parte del río.

–Llevadme con él, a Balaguer.

–Ahora ya no está en Balaguer. Y tenemos prohibido abandonar el puesto de guardia. Levántate.

–Estoy herido. Voy cojo.

El sargento resultó ser un buen hombre. Ordenó a dos de los soldados que me llevaran al búnker. Me dejaron en un rincón, sobre unas cajas de municiones.

–Y ahora, duerme. Mañana será otro día.

La madera de las cajas era durísima, pero ni me di cuenta. En un par de minutos dormía como un angelito.

20. El capitán Casas

Al día siguiente me llevaron hacia un destacamento en las inmediaciones del río y, de allí, en Jeep hasta el castillo de Lérida, el cuartel general de los franquistas. Primero recalé en la enfermería, donde un médico de Palamós que cantaba zarzuelas a grito pelado me vendó el pie y me facilitó una muleta nueva. Comí en un enorme y solitario comedor militar un rancho maloliente y un bistec duro como una suela de zapato. Después me llevaron a presencia del comandante Crespo, que me interrogó con detalle. Me creyó enseguida, porque conocía a mi padre y le habían llegado noticias de mi desaparición. Al final, me mostró la Derringer, la olió y me dijo:

–Ha sido disparada. ¿Cuándo?

–Ayer. Estaba atado con los brazos en la espalda y pegué un tiro a las cuerdas.

El comandante Crespo se rio:

–Los tienes bien puestos, chico. ¿Y las balas?

–Están en casa.

Me devolvió la Derringer y añadió:

–Dásela a tu padre. Y ahora que está todo aclarado, le llamaré. Te acompañará el cabo Belianes.

Mientras me retiraba observé, con miedo, que descolgaba el teléfono. De repente, me di cuenta de la bronca que me caería en cuanto volviera a casa.

El cabo Belianes, bonachón y charlatán, me llevó desde Lérida hasta la torre en Jeep. Llegamos ya a media tarde. Me dejó en la reja y anduve por el sendero del jardín cojeando, apoyándome en la muleta. Estaba a medio camino cuando oí un grito y mi madre salió corriendo. Se plantó ante mí unos instantes para mirarme de arriba abajo, como para comprobar que estaba entero, me abrazó y me cubrió de besos. Me mojó con sus lágrimas y yo conseguí no llorar, pero con mucho esfuerzo. Ahora me doy cuenta de que me habría convenido soltar lágrimas en ese momento, pero tenía catorce años, y los chicos de catorce años creen estúpidamente que llorar no es de hombres.

–¡Xavier, hijo mío! ¿Qué tienes en el pie?

–Solo el tobillo dislocado. Nada grave.

–Vamos, siéntate.

Me ayudó a sentarme en un banco del jardín y se puso a mi lado. Se secó las lágrimas con un pañuelo y se calmó. Cambió de tono: tras la efusión sentimental, tocaba la riña.

–¿Sabes lo que hemos sufrido? ¡Has estado perdido dos días y medio!

Bajé los ojos, avergonzado.

–Hallamos tu bici abandonada cerca del vado de Camarasa. Y nos imaginamos que habías atravesado el Segre. ¿Lo hiciste?

–Sí.

–¡Dios mío! En medio de la guerra y de noche. ¡Hubieran podido matarte!

–Supongo que sí...

–¿Para qué fuiste al otro lado? ¿Por tus amigos? ¿Por esos rojos?

–Sí.

–Vamos, cuenta.

Le resumí mis aventuras de aquellos dos días. Se quedó boquiabierta desde el primer momento, porque entendió mi desobediencia flagrante: en las últimas semanas, a escondidas, había seguido pedaleando hasta San Lorenzo, había mantenido mis amigos e incluso había visitado los tanques de la compañía de Mateo cerca de Bellcaire. Pero esta parte de la historia no es la que más le asustó, porque mi madre era realista: sabía que, a partir de una edad, todos los chicos necesitan tener su vida aparte y sus secretos para sentirse adultos e importantes. Donde de verdad tembló mi madre fue cuando le conté que el coronel Martín («¡un militar rojo! ¡Dios mío!») me había pillado y encerrado en Vilanova de la Barca, y que había estado a punto de morir chamuscado y atado a un pilar mientras la aviación franquista disparaba con ametralladoras y lanzaba bombas.

–¿Dónde está papá? –le pregunté.

–Estará a punto de llegar –dijo mi madre–. Esperémosle en casa.

Ya en el comedor, mi madre me acomodó en una poltrona, me quitó el calcetín del pie derecho y palpó la venda.

–¿Te duele?

–Bastante. Pero no es nada. Me ha dicho el médico que con descanso se curará.

Oímos el estrépito de un coche que venía por el camino. Mi madre se asustó un poco, se levantó, apartó los visillos de la ventana y miró hacia fuera. Se mordió apenas el labio superior con los dientes. Era un gesto casi imperceptible, pero conocía tan bien a mi madre que interpreté su significado: estaba nerviosa y temía la reacción de mi padre.

–Ya está aquí –dijo muy flojito.

–Lo sé.

–Intentaré hablar con él –añadió.

–También lo sé –repetí.

Mi madre me dio un beso y bajó corriendo las escaleras. Yo me levanté del sillón y observé desde la ventana. Mi padre recorría el sendero a grandes zancadas, estirado y colérico, con la cabeza bien levantada, como un boxeador que se dirige a las escaleras del ring. Mi madre lo abordó a medio camino, él la apartó con un manotazo despectivo y ella lo sujetó y le gritó. Mi padre dudó unos instantes y mi madre le señaló el banco donde minutos antes había hablado conmigo. Mi padre se negó a sentarse. Mi madre insistió, en vano, inclinó la cabeza y juntó las manos como quien reza. Mi padre la miró y mostró también la palma de las manos como si dijera: «¡De acuerdo, pesada, me calmaré! ¡Y ahora, dime de una vez qué quieres!».

Me retiré de la ventana y me hundí de nuevo en el sillón. Con los ojos fijos en las vigas del techo y la mente en blanco, esperé un buen rato. Se me hizo larguísimo, pero supongo que no debieron de ser más de quince o veinte minutos. Imaginé que ella le contaba a mi padre mis aventuras en territorio rojo y me sentí aliviado: no tenía ganas de repetirlas. Al fin, oí el crujido de las botas de mi padre subiendo, escalera tras escalera, hacia el comedor. Me di la vuelta y le vi, pero, más que a mi padre, lo que tenía ante los ojos era otro personaje: el capitán Casas, un militar de uniforme, con la guerrera bien planchada, con los galones bien puestos, con las botas lustradas y la pistola reglamentaria en la funda del cinturón. Un capitán del ejército de Franco, disciplinado e inflexible, que estaba a punto de poner en marcha un interrogatorio cuya conclusión estaba cantada de antemano: yo sería culpable.

Los rezos y los llantos de mi madre habían mitigado la agresividad de mi padre, pero le habían sacado, simbólicamente hablando, del uniforme. El capitán Casas se plantó frente a mí y, sin un beso ni un saludo, espetó:

–¿Sabes lo que has hecho, desgraciado? ¡Han estado a punto de matarte!

¿Qué podía responder? Lo que decía era la verdad pura y simple. Bajé los ojos, asintiendo con la cabeza.

–Hemos estado dos días y medio buscándote –continuó, haciendo un esfuerzo por no gritar–. ¡Nos has vuelto locos! ¡Creíamos que los rojos te habían matado en Camarasa! ¿Lo entiendes?

–Sí.

–A tu madre le ha faltado poco para morir del disgusto.

–Ya lo he notado –repliqué–. ¿Y a ti?

–Te buscado como un loco estos dos días. No puedes ni imaginarte lo que he pasado.

Se me hizo un nudo en la garganta y no tuve fuerzas para contestar. Él alargó la mano y me dijo:

–Tienes una Derringer, ¿verdad? Dámela.

Se la entregué. La olió.

–Ha sido disparada, ¿verdad?

–Sí. Fue en Vilanova, cuando...

–No sigas. Ya me lo ha explicado tu madre. ¿De dónde la has sacado?

–Me la dio Mateo.

–¿Mateo?

–Sí, mi amigo.

–Tenías un arma escondida y no me habías dicho nada –exclamó, indignado–. Esto es... increíble. Y tu amigo, ¿de dónde la sacó? ¿La robó en una armería? ¿En un cuartel?

–No. Era de su padre. Había sido anarquista y lo asesinaron.

–Ya veo la clase de gentuza con quien te mezclas –replicó–. Tus amigos rojos. Este tal Mateo es el que semanas atrás te prohibí que volvieras a ver, ¿verdad?

–Sí.

–O sea que me has desobedecido.

–Sí.

–A conciencia, ¿verdad?

La aventura de los últimos dos días me había hecho madurar de golpe. De pronto, descubrí que mi padre ya no me daba miedo. Y, con toda tranquilidad, con el tono neutro y seguro de los adultos, respondí:

–Sí. Te he desobedecido a conciencia.

Mi padre, a pesar de toda su marcialidad y chulería militares, se tambaleó. Desvió los ojos y entendí que, de repente, se percató de que yo ya había cambiado y que nada de lo que hiciera podría controlarme y, menos aún, someterme. Esa inesperada victoria me infundió aún más valor y pasé a la ofensiva:

–Atravesé el Segre para salvar a Mateo. Es soldado en una compañía de tanques y sabía que el coronel Tapias, Mr. Smith y tú estabais preparando una trampa con vuestra arma secreta...

Mi padre me miraba con los ojos como platos, en silencio. Continué:

–Ahora, Mateo está atrapado en este lado del río. Ha caído en la trampa. Todo el ejército republicano será aniquilado y él morirá. Pero todavía hay una forma de salvar su vida. Tú tienes amistad e influencia con el coronel Tapias, que es quien dirige la ofensiva. Habla con él. Razona. Haz algo para convencerle y que detenga la carnicería.

Callé y se hizo un silencio. Mi padre me observó de reojo y contestó:

–Estás loco, Xavier. Esto no es una carnicería, es una guerra. Y las guerras no pueden detenerse. La maquinaria es demasiado grande y mucha gente queda atrapada, como tu amigo. No hay nada que yo pueda hacer.

–¡Excusas! Habla con Tapias.

–No hablaré. Él es coronel, él manda y cumple con su deber.

–¡Más excusas!

–No sé quién es ese Mateo ni me importa. Mucha gente muere en la guerra: es ley de vida.

–¡Pero no son amigos míos!

–No puedo hacer nada.

—Eres un cobarde. ¡Excusas! —grité.

Aquí, fue mi padre quien se plantó. Se levantó y se recompuso la casaca del uniforme y volvió a ser el capitán Casas, oficial del ejército del Generalísimo Franco.

—¡Basta! —bramó—. ¡Basta! Estoy harto de que me grites, me desprecies y me insultes. ¡Soy tu padre! Y conozco mucho mejor la situación que un mocoso como tú. ¿Me has oído?

Me callé.

—Volvamos al tema de esta Derringer del padre anarquista de tu amigo. ¿Te la dio él?

—Sí. Por si la necesitaba.

—¿Y las balas? ¿Dónde están?

—En mi mesita de noche. Puedes cogerlas, si tienes miedo de que me dispare un tiro en el pie.

Mi padre no pasó por alto mi tono sarcástico y respondió con frialdad:

—Me las quedaré, sabelotodo. Te crees muy listo, pero solo eres un chiquillo de catorce años que no puede ir solo por el mundo. Hoy no cenas. Y te quedarás encerrado en tu cuarto hasta nueva orden.

—A sus órdenes, capitán —repetí, con más sarcasmo todavía—. Me quedaré en el calabozo.

—Exacto.

«En eso se ha convertido mi casa —pensé—, en un calabozo». Por un momento, imaginé a Inma y al Pulgas perdidos en una masía miserable al otro lado del Segre, tal vez pasando hambre y quizás camino de Barcelona, pero libres y respirando el aire fragante de la noche bajo las estrellas, y los envidié.

Mi padre subió las escaleras hacia mi habitación. Escuché cómo abría el cajón de la mesita de noche y salía de nuevo. De nuevo desde la ventana observé cómo, ya en el jardín, mi padre rechazaba a mi madre, que intentaba hablar con él, y se marchaba por el sendero con paso vivo, rubicundo y colérico. En pocos instantes, su Jeep se alejó por la carretera de Camarasa.

Abrí la ventana. Al oírme, mi madre se secó una lágrima con la mano derecha y me miró:

–Papá me ha castigado –dije–. No puedo salir del dormitorio.

–¿Y qué esperas? –dijo, con un esfuerzo para parecer firme–. Sube y cumple.

Me pasé el resto de la tarde aburrido, hastiado, mirando el techo y siguiendo los vuelos frenéticos de dos moscas. Por la noche, mi padre regresó. Oí el ruido en la planta de abajo mientras mi madre trajinaba la cena y el tintineo de los vasos y los cubiertos mientras cenaban. Pero no hablaron. Ni una palabra en toda la cena: la atmósfera era tensa e irrespirable.

Yo cerré la luz y me acosté. Enseguida oí pasos en la escalera. Noté el perfume leve y dulce de mi madre y distinguí su silueta perfilada sobre la luz de la ventana. Se sentó al lado de la cama y dijo:

–Xavier.

–Dime.

–No deberías enfadarte con tu padre.

–Le odio.

169

Mi madre me rozó la mejilla de forma rara: fue a medio camino entre una caricia y un cachete.

—No digas tonterías. Él te quiere.

—Pues yo le odio.

—Falso —replicó mi madre con suavidad—: tú le quieres, pero todavía no te has dado cuenta.

Me quedé boquiabierto, pero no quería escuchar e insistí:

—Es tiránico, orgulloso y egoísta.

—Sí. Entre otras muchas cosas. Pero eso no quita que te quiera y le quieras.

—Si no hace nada por Mateo —subrayé—, no se lo perdonaré nunca.

—No debes juzgarle con tanta dureza —corrigió mi madre—. Tu padre no lo tiene fácil. Sufre muchas contradicciones.

—¿Contradicciones?

—Sí. No todo es blanco o negro, como en las películas que veíamos en Barcelona. O como lo ven Franco o el coronel Tapias. Hay grises. Y cuando te adentras en la vida e intentas actuar correctamente, siempre acabas enfrentándote con contradicciones. ¿O no?

Quise responder con una impertinencia, pero me quedé mudo.

21. Mi padre

¿Contradicciones? Sí, seguro que mi madre acertaba y aquella palabra contenía la clave del asunto. Había captado perfectamente su insinuación: no tenía que sorprenderme por las contradicciones de mi padre porque, ¿hay alguien en el mundo que no tenga?

Por ejemplo: ¿qué sentía yo en relación con Inma, sino una flagrante contradicción? Que enlazaba, por cierto, con otra contradicción como un castillo en cuanto a Mateo. Y tampoco había que buscar las contradicciones solo en la relación con los demás, porque también las tenía conmigo mismo: en lo que quería, en adónde iba, en quién era. Cuatro días antes, Inma me había acusado de cobarde, pero esa misma mañana un comandante del ejército franquista me había espetado, en tono admirativo, que los tenía bien puestos. ¿Quién tenía razón, pues? ¿Quién era yo en realidad? **171**

¿Y mi padre? ¿Quién era? Le había acusado de cobarde y de egoísta. ¿Lo era? ¿O no? ¿Le odiaba de veras? ¿O, como apuntaba mi madre, le quería? ¿Y si era inseparable una cosa de la otra?

Todas estas ideas, en tropel, invadían mi mente y no me impedían dormir. Tras dar muchos tumbos en la cama, me levanté y, arrastrando los pies y rascándome la nuca, me acerqué a la ventana de lo que ya era para mí un calabozo. El firmamento era claro y el sendero destacaba como una cinta de color gris claro, entre las copas oscuras de las moreras, los robles y los cipreses. La tranquilidad era casi absoluta: solo se percibían chasquidos de disparos dispersos, amortiguados por el constante y unánime croar de las ranas del Segre. Recordé: cuatro días antes, andando por aquel sendero, había meditado largamente sobre Inma, Mateo y mis contradicciones.

De repente, una silueta negra se recortó sobre el sendero. Era mi padre, vestido con unos pantalones negros y una camisa ancha de pijama. Se detuvo al pie de una morera, miró hacia el firmamento y encendió una cerilla. La contempló ceremoniosamente, la acercó a un cigarrillo que tenía entre los labios y lo encendió. Tiró la cerilla al suelo y lanzó una bocanada de humo. Después contempló un rato la punta roja del cigarrillo, inmóvil como una estatua. Sí, mi padre estaba en el jardín, solo y pensativo, como yo cuatro días atrás, cuando debía tomar la gran decisión en cuanto a Mateo e Inma.

Quizás mi madre acertaba: no le odiaba, sino que le quería, pero no sabía cómo decírselo. Y quizás a mi padre le pasaba lo mismo. Quién sabe si, en el fondo, el problema era que mi padre y yo nos parecíamos demasiado en nuestras manías y nuestra terquedad. ¿Era esa, tal vez, nuestra contradicción? ¿Y por ella estábamos ambos condenados a discutir y a vagar por el jardín de noche, solos y pensativos, implorando una milagrosa solución a nuestras dudas?

Mi padre siguió caminando muy despacio, exhalando bocanadas de humo, hasta que desapareció tras la curva del sendero, en dirección a la acequia y la reja de entrada a la finca. Al perderlo de vista, me invadió una extraña lasitud, una paz como ya no recordaba, y un sueño invencible. Me acosté. Antes de dormirme, medio en sueños, con una risa en la boca, murmuré:

–Buenas noches.

Al día siguiente, alguien tuvo que sacudirme los hombros para despertarme. Abrí los ojos. Era mi padre.

–Vamos, levántate. Tenemos que irnos.

–¿Irnos? ¿Adónde? –repetí aún medio dormido–. Pero ¿no estaba castigado y encerrado aquí?

–Ya no.

Observé a mi padre de arriba abajo: estaba ojeroso, despeinado, sin afeitar, cubierto con la misma camisa de pijama de la noche anterior.

–No tienes buen aspecto –dije–. ¿Qué te pasa?

–Que no he dormido bien.

Lo dijo con un hilo de voz. Estaba transformado: ya no quedaba en él nada de marcial, ni orgulloso, ni autoritario. Hasta me sonrió. Me percaté de que no veía sonreír a mi padre desde hacía semanas, tal vez meses, quizá desde antes de que comenzara la guerra.

Y temblé porque entendí que aquel hombre, que el día antes había sido el capitán Casas, oficial del ejército español, de repente se había convertido de nuevo en el ingeniero Carlos Casas, mi padre.

Me miró a los ojos y murmuró:

–Hijo mío: me lo he pensado mejor.

Y yo respondí muy rápido:

–Yo también. Tienes razón. No debí huir de casa como lo hice, sin avisar. No tenía derecho a haceros sufrir a mamá y a ti.

–Muy bien. La rectificación te honra –dijo.

–¿Y tú, papá? –respondí, con un asomo de duda–. ¿Qué es lo que has pensado mejor?

–Que tienes derecho a tener tus amigos, no importa si son rojos o no. Y tienes la obligación de ser fiel a tus amigos. Siempre. Por eso quiero decirte que, en relación a Mateo, hiciste lo correcto...

Mi padre se detuvo unos instantes, como si le faltara el aire, y siguió:

–¿Sabes cuál es el problema? Las personas mayores nos pasamos la vida predicando a nuestros hijos: que si la tolerancia, que si el valor, que si la sinceridad, que si la amistad, que si la coherencia, que si la fidelidad... y luego hacemos todo lo contrario de lo que predicamos. Es feo, ¿verdad?

–Yo no...

–¡Sshht! Silencio, Xavier. Solo quería decirte que, con respecto a Mateo, has hecho algo muy noble. Y muy valiente. Ojalá yo tuviera...

Pero no le dejé terminar. Las lágrimas me inundaban los ojos y le abracé. Me apretó contra su pecho mientras me besaba el pelo. Así permanecimos unos minutos larguísimos. Hasta que me apartó y dijo:

–Tú has intentado salvarlo. Yo no puedo ser menos. Si ahora te fallara, nunca más podrías mirarme a la cara sin sentir vergüenza de mí, ¿verdad?

No contesté. Él se levantó y me dijo:

–Pues vístete. Nos vamos.

Desayunamos los tres juntos, mis padres y yo, como no hacíamos desde muchos meses atrás. Mi padre se había afeitado y puesto el uniforme. Mi madre lo miraba con una mezcla de felicidad, porque se había reconciliado conmigo, y de angustia, porque ignoraba cuáles eran sus intenciones.

–¿Qué vas a hacer, Carlos?

–Tranquila. Confía en mí.

Terminado el desayuno, mi padre me llevó a su dormitorio y cerró la puerta para que mi madre no nos viera. Abrió un cajón, cogió la Derringer y la cargó con dos balas.

–¿Para qué quieres la Derringer, padre?

–¿Qué hace la gente con las pistolas?

–Pero tú ya tienes una gorda –contesté, señalando la funda de su arma–. De las de reglamento.

–Exacto. Y todo el mundo sabe que la tengo. En cambio, esta no lo ha visto nadie... salvo tú y yo.

Se metió la Derringer bajo el puño de la camisa y estiró encima la manga de la guerrera. No se notaba nada. Ni rastro del arma escondida. Ningún pliegue. Y, de repente, con un movimiento rapidísimo, estiró el brazo y la Derringer apareció en su mano, ya lista para ser disparada, como por arte de magia.

–¡Uau! –exclamé–. ¡Qué rápido!

–En Montpellier conocí a un jugador de póquer que tenía una. Él me enseñó a usarla.

–¿Y qué vas a hacer?

–Jugar al póquer –contestó mi padre, guiñándome un ojo y riendo.

Llegamos a Balaguer en nuestro coche. Allí, fuimos al cuartel y mi padre pidió un Jeep con conductor: iríamos hacia la zona de la batalla, y no nos dejarían pasar si no viajábamos en un vehículo militar. Camino de Menàrguens, insistí:

–¿Y qué piensas hacer? ¿Cuál es tu plan?

–Visitaremos al coronel Tapias. Me he informado de todo: es el jefe de la operación. Por lo que sé, los rojos han quedado rodeados en una bolsa entre Torrelameu, el Noguera Ribagorzana y el Segre. Una trampa perfecta. No pueden ir adelante ni atrás, y cabe suponer que, si no son burros, acabarán rindiéndose.

–Es que los militares –murmuré–, a veces son muy muy burros...

–Efectivamente –respondió mi padre, riendo–. Pero creo que se rendirán, y si es así podré hacer algo por Mateo, en el caso de que caiga prisionero. Siempre y cuando Tapias...

Mi padre dejó la frase colgada.

–Siempre y cuando Tapias, ¿qué? –pregunté.

–Se explican historias sobre él...

–¿Qué historias?

–Historias poco agradables –dijo mi padre–. Feas. Crueles. Pero no hace falta que nos preocupemos, por ahora. Quizá sean rumores falsos.

En Menárguens topamos con un control. Mi padre enseñó sus papeles y un cabo avisó que, en la zona de Torrelameu, a siete kilómetros, los combates eran muy duros y era peligroso seguir. Diez minutos más tarde, nos detuvimos en un segundo control. Mi padre explicó:

–Voy al cuartel general de la operación. Tengo que ver al coronel Tapias.

–¿Y el chico?

–El chico viene conmigo.

En ese momento, pasó sobre nuestras cabezas un escuadrón de seis aviones en vuelo rasante. Se acercaron al río y descargaron las bombas, con una potencia ensordecedora.

–Es mi hijo –añadió mi padre–. Me hago responsable.

Abandonamos la carretera y continuamos hasta un camino que llevaba a lo alto de una colina. Allí ya nos llegaba toda la furia de la batalla desesperada que se libraba junto al río: el estallido de los obuses, las ráfagas de ametralladora y los silbidos de las balas.

El Jeep nos dejó ante un búnker rodeado de sacos terreros y alambres. Un sargento saludó a mi padre:

–Sargento Delkáder, señor.

–Capitán Casas. ¿Está el coronel Tapias?

–Acompáñeme.

Yo los seguía, tembloroso, con el corazón en un puño por el estruendo y la brutalidad de aquella guerra.

22. Bandera blanca

A pesar de que, por miedo y aprensión, intentaba no mirar, la curiosidad me venció y desvié la vista hacia la huerta del Segre, bajo el cerro, donde se desarrollaba la batalla. En medio del caos indescriptible de soldados, tanques, cañones, humaredas, llamas, alambradas y trincheras, distinguí un objeto sorprendente. Y grité:

–¡Papá! ¡Papá! ¡Mira allá abajo!

Mi padre se detuvo, dirigió la vista hacia donde le señalaba y vio lo mismo que yo.

¡Una bandera blanca!

Pero quería asegurarse y le pidió sus prismáticos al sargento Delkáder. Los ajustó, observó y exclamó:

–¡Por supuesto! Bandera blanca.

–Ya lo sabía –confirmó el sargento–. Los rojos han sacado la bandera blanca.

–Entonces –preguntó mi padre–, ¿por qué no aceptamos la rendición y detenemos esta carnicería?

El sargento Delkáder se encogió de hombros y respondió:

–Eso pregúntelo al coronel.

Entramos en el búnker. Era grande y de planta circular, con paredes de hormigón e iluminado apenas por una aspillera angosta y cuatro bombillas desnudas colgadas en el techo. En medio había una gran mesa cubierta con mapas, similar a la que tres días antes había visto en Vilanova de la Barca, en el Estado Mayor del coronel Martín. Sobre los mapas había figuritas de plomo, como de juguete, que representaban los batallones, las compañías y las piezas de artillería, y me di cuenta de la profunda maldad de todos aquellos que manejaban las vidas humanas de verdad como si fueran juguetes. En ese mapa había una especie de juego de estrategia, pero tres kilómetros más allá luchaban, sufrían, sangraban y morían personas de carne y hueso.

A un lado de la mesa había un soldado, un operador de radio y tres comandantes, supongo que los que dirigían cada una de las secciones del ejército franquista destinadas al exterminio del enemigo. Estaban todos de pie. Al otro lado de la mesa, solo, sentado en una poltrona, estaba el jefe supremo y factótum de aquella matanza salvaje: el coronel Tapias.

–¡Qué sorpresa! –exclamó el coronel–. ¡El capitán Casas! ¿No saluda, capitán?

Mi padre se cuadró, pegó un taconazo y saludó militarmente.

–Descanse, capitán –siguió en tono irónico–. Me sorprende que haya venido. Creí que no le gustaban las batallas. Que a usted le gusta matar gente, pero de lejos, sin verlo. Como el otro ingeniero, Mr. Smith. Los ingenieros nos acusáis a los militares de bestias y primitivos, pero sin su ayuda para abrir las compuertas de Camarasa y provocar la riada, estos miles de rojos que están muriendo, ahora estarían vivitos y coleando, ¿verdad? ¿Ha pensado en ello, coronel?

–Sí, he pensado.

–¿Sabe que Mr. Smith se arrepiente ahora de habernos ayudado?

–No, no lo sabía.

–Pues sí. Me llamó ayer, el pobre. La típica doble moral de los anglosajones. La Pérfida Albión. ¿Y usted, capitán? ¿Se arrepiente de haberme proporcionado esta magnífica arma secreta?

Mi padre, con una frialdad admirable y magnífica, no dudó ni una milésima de segundo:

–Yo sirvo al Generalísimo, coronel. No me arrepiento de ello. Cumplo mis deberes con la patria.

–Muy bien, capitán. Lección bien aprendida. ¿Y su hijo? Es peligroso que esté aquí, pero es muy bueno como espía. ¿Por qué le ha traído?

–Porque un amigo suyo está ahí, atrapado.

–¿Con los rojos?

–Exacto. Es un soldado de los rojos.

–Caramba, Javier –añadió Tapias con sorna–. ¿Desde cuándo tienes amigos rojos?

–Desde hace meses, coronel –repliqué con firmeza.

El coronel Tapias se rio y golpeó la mesa con su garfio, con un ruido sordo.

–Entendido –continuó–. Entonces, ¿a qué ha venido, capitán?

–Quiero interceder por el amigo de mi hijo. Se llama Mateo... ¿cómo?

–Mateo Penelles –añadí.

–Mateo Penelles. ¿Tiene un prisionero con ese nombre?

El coronel soltó una carcajada y exclamó:

–¡Prisioneros! ¡Pregunta por prisioneros! ¡Esto es realmente curioso!

–¿Por qué?

–Porque no hay prisioneros –respondió Tapias levantándose de la poltrona–. Estamos aquí para obtener la victoria. No hacemos prisioneros.

–¿De veras? ¿Ni uno?

–Ni uno.

–Ya me lo parecía. Desde fuera, he visto que los rojos han izado la bandera blanca.

–En efecto. La han puesto hoy, al amanecer.

–¿Y por qué no acepta su rendición?

–Usted es un poco duro de mollera, ¿no? –ironizó el coronel–. ¡Estamos aquí por la victoria!

–Allí abajo hay chicos de dieciséis años –respondió mi padre–. ¡Dieciséis! Son niños indefensos, reclutados a la fuerza, que no saben qué hacen ni por qué luchan. ¡Dieciséis años! Condenarlos ahora a la muerte sería un crimen.

–Exacto, amigo –confirmó el coronel–. Es un crimen. De los rojos, claro. Nunca deberían haberlos reclutado. Y, visto que los rojos han cometido su crimen, nosotros quedamos exonerados de nuestro...

Mientras el discurso del coronel Tapias se alargaba aún un rato, observé que mi padre miraba de reojo a uno de los tres comandantes del búnker, un hombre más bien gordo, con bigote y cabellos blancos. De manera casi imperceptible, movía la cabeza en señal de negación. A mi padre y a mí nos quedó claro: aquel comandante veterano no aprobaba las órdenes del coronel Tapias, pero tenía que aceptarlas por disciplina militar.

–Todo esto son sermones baratos –replicó mi padre–. Ni victoria ni tonterías. También la guerra tiene sus normas, coronel. Están las ordenanzas militares. Todos las conocemos. Son ley. Y dicen muy claro que la bandera blanca es sagrada, que el ganador deberá aceptarla, deberá hacer prisioneros y tratarlos con dignidad.

La cara de Tapias se volvió torva. Hasta ese momento, la situación le había divertido, pero la última frase de mi padre le puso alerta. Dijo, muy despacio:

–Las ordenanzas militares también establecen que hay que obedecer siempre las órdenes de un superior. Y aquí el superior soy yo –se detuvo y gritó–. ¿Verdad que soy yo?

Los tres comandantes y los otros soldados exclamaron, a la vez:

–¡Sí, mi coronel!

Satisfecho, Tapias sonrió y prosiguió:

–¿Lo ve? ¡Disciplina!

–Yo diría 'miedo' –replicó mi padre–. Se lo pido por última vez: acepte la rendición de los rojos y tome prisioneros.

–¿Esto es una amenaza, capitán?

–Sí.

–¿Y se puede saber en qué consiste?

–Si no rectifica, le denunciaré ante el Estado Mayor. Ante el mismo Generalísimo, si es necesario.

El coronel Tapias consideró en silencio las palabras de mi padre. Le miró fijamente a los ojos, y anunció:

–Esto es insubordinación. ¡Comandante Galera!

–¡Sí, mi coronel! –dijo el comandante del bigote y el pelo blanco.

–Arreste el capitán Casas.

El comandante desenfundó su pistola, apuntó a mi padre, se le acercó y le dijo:

–Está detenido, capitán. Tendrá que entregarme su arma reglamentaria.

Mi padre le miró con serenidad y asintió. Se desabrochó el cinturón y se lo entregó, con la pistola y la funda. El comandante Galera cedió el arma al soldado de la radio.

–Y ahora, de rodillas –dijo el coronel Tapias.

Yo estaba muy asustado. Mi padre me había insinuado que tenía un plan para salvar a Mateo, pero si existía tal plan, no parecía que se estuviera cumpliendo. Más bien al contrario: la situación era cada vez más mala y complicada.

Esta era mi impresión, pero no la de mi padre. Al ponerse de rodillas, con un gesto casi imperceptible, me guiñó un ojo. Me quedé conmocionado. ¿Qué pretendía?

Pronto lo descubrí. El coronel salió de detrás de la mesa, donde había estado durante toda la conversación, y se plantó junto a mi padre.

–Esto lo pagarás muy caro –dijo Tapias con voz de serpiente, voz sibilante de odio.

–¿Cómo? –replicó mi padre–. ¿Con un consejo de guerra?

–Lo has acertado. Consejo y fusilamiento.

–Eres un maldito cobarde –contestó mi padre–. Te escondes tras los tribunales porque no tienes valor. Venga, quiero verte cara a cara. ¡Pégame! ¡Pégame si no eres una niñita muerta de miedo!

El coronel Tapias había enrojecido de cólera y levantó el acero reluciente de su garfio para clavarlo en la mejilla de mi padre. Era justo lo que mi padre había estado esperando: tener cerca a su adversario. Con un movimiento fulminante, se incorporó, esquivó el garfio, sacó la Derringer de la manga de la camisa y apuntó a la cabeza del coronel Tapias.

–¡Quietos todos! –gritó–. Quietos o mato al coronel.

Los otros se quedaron paralizados.

–Ahora las armas al suelo. Muy despacito.

Se amontonaron en el suelo pistolas y fusiles.

–Xavier, allí.

Llevé las armas a un rincón. Mi padre llevó al coronel Tapias de nuevo tras la mesa de los mapas y lo obligó a sentarse en la poltrona. Se puso tras el coronel, apuntándole en la nuca con la Derringer.

–Lo pagarás caro –repitió el coronel–. ¡Traidor! ¡Rojo del demonio!

–No tengo nada que perder.

–Verás cuando te pille, desgraciado.

–Estoy muy tranquilo, coronel –replicó mi padre–. Ayer descubrí una cosa, ¿sabe? Que lo único que me preocuparía es no poder mirar nunca más a mi hijo a la cara. Por eso he venido. Por eso no tengo miedo.

–Maldito seas, desgraciado.

—Allí abajo hay un chico de dieciséis años. Se llama Mateo Penelles. No tiene nada que ver ni con Franco, ni con los rojos, ni con el comunismo, ni con el anarquismo. Y quiero salvarle la vida. ¿Lo has entendido?

El coronel Tapias se calló.

—¿Lo has entendido, gilipollas? —gritó mi padre.

—Sí.

Aquel 'sí' sorprendió a todos. El coronel lo pronunció con un tono extrañamente agudo, con una especie de gallo. Y todos lo entendimos: aquel hombre aparentemente duro, férreo e inflexible tenía miedo. Sí: miedo, con todas las letras, porque tenía tras la cabeza una pistola que se podía disparar en cualquier momento. Y el mismo coronel se percataba de que se había delatado, porque añadió, bajando la cabeza con humildad, casi en un susurro:

—¿Qué quiere que haga?

—Quiero que dé la orden de levantar también la bandera blanca y detener el fuego. Y, luego, de acoger a los soldados rojos y hacerlos prisioneros.

—No lo haré.

—Lo hará. ¡Vaya, si lo hará!

Mi padre presionó el cuello de Tapias con el cañón helado de la Derringer. El coronel tragó saliva y exclamó:

—Ya lo habéis oído. ¡Alto el fuego! Acepto la rendición.

El coronel Tapias temblaba de pies a cabeza. Mi padre, con desprecio, apartó el cañón de la pistola de su nuca. Los tres comandantes se dieron cuenta y dijeron, a la vez:

—A sus órdenes, coronel.

Iban a salir los tres para transmitir la orden, pero mi padre exclamó:

–¡Comandante Galera! ¡Espere!

El comandante del bigote y el pelo blanco se quedó. Miró a mi padre con aire interrogativo pero aliviado: no podía insubordinarse ante el coronel Tapias, pero era partidario de aceptar la rendición de los rojos. Mi padre se había percatado y le quería como aliado.

–Comandante Galera –continuó mi padre–. Supongamos que el coronel Tapias queda incapacitado para continuar mandando en esta operación. Según las ordenanzas, ¿quien quedaría al mando?

–El oficial de rango inmediatamente inferior por graduación. Un comandante.

–¿Y si hay tres comandantes?

–El comandante de más edad.

–Y es usted, ¿verdad?

–Sí.

El coronel Tapias asistía a esta extraña conversación temblando, mudo, paralizado por el pánico. ¡Era muy chulo cuando se sentía superior e iba con los galones por delante! Pero en ese momento creía que mi padre estaba pensando en matarlo. Se equivocaba. Mi padre retrocedió un metro, levantó el brazo con la Derringer y descargó un golpe duro, seco y muy preciso. El coronel Tapias se desplomó como una piedra encima de la mesa. Mi padre lo sacudió con la mano izquierda y no reaccionó: estaba totalmente inconsciente.

–Dudo que despierte antes de tres o cuatro horas –anunció.

186   Y dejó la Derringer sobre la mesa. El comandante Galera lo había observado todo con una perplejidad creciente y dijo:

—Y ahora, ¿qué?

—Ahora ya puede arrestarme.

—Exacto. Queda arrestado, capitán.

—Y ahora usted está al mando —añadió mi padre—. Era peligroso que el coronel estuviera despierto y pudiera dar una contraorden, pero ahora que duerme como un angelito, usted puede ocuparse de los prisioneros rojos y enviarlos hacia una cárcel de Lérida, lejos de las garras de este carnicero. Lo hará, ¿verdad?

El comandante Galera, todavía incrédulo, dudó unos instantes y murmuró:

—Lo haré, capitán Casas. ¿Puedo decirle algo?

—Diga.

El comandante se adelantó unos pasos, le puso la mano en el hombro y le miró fijamente.

—Es un honor haberlo conocido —declaró—. Usted es un valiente.

Y mi padre respondió, con una sonrisa:

—No tanto como mi hijo.

23. En la cárcel

El comandante Galera suspiró, recogió su pistola del suelo, apuntó a mi padre y declaró:

–Capitán Casas, queda arrestado por insubordinación.

Mi padre afirmó con la cabeza. El comandante se dirigió al soldado y al operador de radio:

–Recojan sus armas y lleven al capitán hacia el parque de vehículos. Transmitan mis órdenes al sargento Mauro: que lleve al detenido en camión a la cárcel de Lérida, con cuatro soldados de escolta. ¿Entendido?

–Sí, comandante –dijo el radio–. ¿Y el chico? ¿Qué hacemos con el chico?

Galera me observó unos instantes y me dijo:

–¿Qué, chaval? ¿Adónde quieres ir?

–A la cárcel.

Galera se rio y agregó:

–Con tu padre, ¿verdad? Ya lo ha oído, soldado. Que lo acompañe, por ahora. El juez militar decidirá qué hacer después.

El comandante pasó tras la mesa, sacudió el cuerpo inerte del coronel Tapias y comentó con una sonrisa cáustica:

–Ha hecho un buen trabajo, capitán Casas. Quizás tarde más de cuatro o cinco horas en recuperarse.

–Si me lo permite, comandante –dijo el radio–, estará de un humor de perros cuando despierte. Querrá matarnos a todos. A nosotros y a los rojos.

–Seguro –respondió el comandante–, pero ya será tarde. Y, ahora, váyase. Tengo trabajo.

El radio y los soldados nos sacaron del búnker. Afuera, el fuego infernal de solo una hora antes se había detenido en seco. Entre el cerro y el Segre reinaba un silencio extraño, en medio del cual, de vez en cuando, se oían voces, lamentos y órdenes. Vi una hilera de soldados republicanos que avanzaban hacia las líneas franquistas levantando pañuelos blancos. Vi los cráteres formados por los obuses, vi trincheras llenas de barro, vi tanques chamuscados y tanques parados. Y, justo antes de alcanzar una curva del camino, vi cómo se levantaba la escotilla superior de un tanque y emergía de ella una cara familiar.

Era Mateo, que se incorporaba, con los brazos en alto.

Entonces, el radio me dio un empujón y me ordenó que mirara adelante. Suspiré, aliviado: estaba sano y salvo. Fue la última vez que vi a Mateo.

Ingresamos en la cárcel de Lérida al cabo de una hora. Un coronel nos identificó, llenó unos formularios y nos echó a un calabozo oscuro, húmedo y maloliente, con un montón de paja en un rincón que hacía de cama. Aquella noche, mi padre y yo dormimos juntos, arrimados, tem blando, muertos de frío. Casi no hablamos, pero yo era feliz, y sabía que él también lo era. Ese día redescubrí que amaba mi padre, y que él me quería a mí.

Al día siguiente vino mi madre a visitarnos. Lloró, pero estaba tranquila. Y me llevó con ella de regreso a casa, a la torre de Gerb. Durante un par de semanas, mi madre y yo fuimos cada día a hacer compañía a mi padre. Ella le entregaba fruta y pasteles, y yo le llevé los *Comentarios de la guerra civil,* de Julio César, y una lámpara de aceite, para que se entretuviera leyendo las aventuras de un aristócrata romano por las orillas salvajes del Segre.

A mediados de octubre de 1938, mi padre fue trasladado a Burgos, donde se le iba a formar un consejo de guerra. Mi madre y yo le seguimos, y nunca más volvimos a la torre de Gerb, ni a Balaguer, ni a San Lorenzo, ni a la ribera del Segre, ni a ninguno de aquellos lugares que quedarían ligados para siempre a la geografía de mi alma. El juicio tuvo lugar a primeros de 1939 y mi padre tuvo bastante suerte: solo le cayeron tres años de prisión. En el juicio le ayudó la mala fama que arrastraba el coronel Tapias y la ayuda de su amigo Mr. Smith, que fue testigo de la defensa: pidió ayuda a la embajada inglesa y canalizó las presiones diplomáticas del Reino Unido sobre Franco para que el tribunal fuera benévolo. En marzo de 1939, mi padre fue trasladado a la cárcel de Madrid y mi madre y yo fuimos a vivir allí. Durante tres años, le visitamos todos los jueves por la tarde, y puedo asegurar que nunca ha existido en el mundo un hijo tan orgulloso de... ¡tener su padre en la cárcel! Cuando fue liberado, en 1942, ya nos quedamos a vivir en Madrid.

Y ahora, para terminar, ya solo queda un epílogo como los de las películas: explicar el futuro destino de cada uno de los personajes de esta historia.

El coronel Tapias fue uno de tantos muertos en la tristemente célebre División Azul, formada por voluntarios españoles que luchaban al lado del ejército de Hitler en Rusia. En el invierno de 1943, a su batallón le tendieron una emboscada cerca de Leningrado y nunca más se supo de él.

A Mateo no lo vi nunca más, ni me llegó de él ninguna noticia. Al cabo de diez años, al salir de la universidad, hice una gestión para tratar de localizarlo, en vano. Solo me enteré de que la mayor parte de los miembros de la Quinta del Biberón que habían caído personeros del ejército de Franco habían sido liberados al final de la guerra, en abril de 1939.

Tampoco he vuelto a ver a Inma. El Pulgas tenía razón esa noche en la masía cerca de Vilanova de la Barca: fue un error decirle adiós y no «hasta la próxima». No sé si se marchó con el Pulgas hacia Barcelona o si volvió a San Lorenzo con su familia, ni qué hizo después. Los tiempos de guerra son turbulentos y crueles, y acaban separando todo.

¿Y yo? Estudié Derecho, me casé en Madrid, he tenido tres hijos y cinco nietos y, como miembro del cuerpo diplomático, he viajado por todo el mundo y he vivido en embajadas en Washington y El Cairo, en Pekín y en Roma. He visto muchas cosas y he conocido a mucha gente, pero puedo asegurar que, durante los últimos 44 años, no ha **191** habido ni un solo día en que no haya recordado a Mateo y a Inma. Así son los amores y las amistades de la juventud.

Epílogo

En la página anterior se acababa el libro, en principio, pero ha ocurrido algo inesperado que me obliga a alargarlo un poco. Es inevitable y el lector entenderá por qué.

Esta narración ha sido redactada en 1982, es decir, cuarenta y cuatro años después de los hechos que recoge. El lector se preguntará: ¿por qué, al cabo de tanto tiempo, me he decidido a escribirla? Y responderé: por una feliz casualidad. En noviembre del año pasado hubo lluvias torrenciales en el Pirineo y las mayores inundaciones del último siglo. La riada, a su paso por Vilanova de la Barca, removió el cauce del río e hizo aparecer un viejo tanque T-26 que había estado en el fondo del Segre durante más de cuarenta años.

El descubrimiento del tanque se convirtió en una noticia y la vi en la televisión de mi casa, en Madrid. Contemplé imágenes del tanque sucio, oxidado y cubierto de algas, aparecido como por un milagro bajo las aguas, que me evocó el mejor episodio de mi juventud. Así, decidí volver a Vilanova de la Barca.

Después de una noche en tren, llegué al pueblo. Pregunté a un par de labradores y me informaron: el viejo T-26 estaba en un almacén municipal. Pasé bajo los soportales del ayuntamiento y me colé dentro del almacén. Cuando los ojos se me acostumbraron a la penumbra, distinguí el tanque colocado entre un viejo carro y unos montones de paja. Me acerqué. Ya he dicho que los T-26 eran tanques pequeños, como de juguete: nada que ver con los armatostes enormes de las películas americanas. Lo palpé. Mis dedos quedaron manchados de herrumbre y me estremecí.

En ese momento tuve dos grandes ideas.

La primera: escribir este libro.

La segunda: poner junto al tanque una libreta de visitas, como aquellas que existen en determinados museos o en las cimas de las montañas. El bedel del ayuntamiento no puso ninguna pega. Compré una libreta de espiral de colores, gruesa y con tapa dura, y escribí, en la tapa:

«Visitantes en el tanque T-26».

Dentro, redacté la primera entrada:

12 de noviembre de 1982
Esto para Inma y Mateo:
Si os enteráis de que ha aparecido este tanque, quizás tengáis el impulso de venir a verlo. Como yo. Y si es así, os informo de que he venido antes y me acuerdo mucho de vosotros. Sois lo mejor que me ha pasado en la vida.
Xavier

Al cabo de tres meses, volví a Vilanova de la Barca. Estaba ansioso por abrir la libreta de visitas y comprobar si Inma y Mateo habían tenido la misma idea que yo.

La hojeé con ansiedad y miedo. Temí que no se hubieran enterado. O que no les hubiera interesado, como a mí, seguir la pista de los recuerdos evocada por el tanque. Pero no, esta historia tiene un final feliz. En la cuarta página, encontré la siguiente entrada:

29 de diciembre de 1982
Hola, Xavier:
Soy Mateo. He pasado por aquí y he visto tu cartita. Me ha gustado. Y sí: estaría bien encontrarnos. También con Inma, que aún no ha escrito. Sé que tú y tu padre me salvasteis de los fachas hijos de perra que no aceptaban la bandera blanca. ¡Gracias, chaval! Después, yo fui a parar en Francia y ahora ya soy medio gabacho. Si vas un día a Aviñón, pasa por la plaza del Reloj y, al final, dos calles a la izquierda, hay un restaurante: Les lutins catalans, es decir, 'Los duendes catalanes'. Cenaremos y nos divertiremos contando batallitas.
Mateo

Sonreí. Imaginaba perfectamente a Mateo: ¡seguro que no había cambiado nada, incluso con barriga y el pelo blanco!

¿E Inma? Pasé las hojas despacio, examinando distintas caligrafías. Hasta la última entrada. La última. Decía esto:

5 de febrero de 1983
Hola, amigos:
Sí, yo también he visitado el tanque, y casi me saltan las lágrimas al leer vuestras notas. Os añoro. Es tentadora la posibilidad de volver a vernos en Aviñón, pero debo declinarla. Sé de qué hablo. Os conozco, y aún seríais lo bastante burros como para pelearos por mí, que soy una abuela coja, sorda y jorobada. La nuestra fue una historia perfecta, y el mejor homenaje de amor y de amistad que podemos hacernos los tres es dejarla tal como está, como en la vitrina de un museo.
Inma

Clarísimo, ¿verdad? Inma tiene más razón que una santa. Y es por ello por lo que, en este punto, termino un libro que llevará como subtítulo el que ella me sugiere: *Una historia perfecta.*

Índice

Damián Montes

Damián Montes es el seudónimo de F. Puigpelat (Balaguer, 1959), escritor, periodista y guionista de televisión. Ha escrito una veintena de libros de distintos géneros: novela para adultos, infantil y juvenil, viajes e historia. Ha ganado premios como el Josep Pla, el Joanot Martorell, el Folch i Torres o el Carlemany.

Bambú Exit

Ana y la Sibila
Antonio Sánchez-Escalonilla

El libro azul
Lluís Prats

La canción de Shao Li
Marisol Ortiz de Zárate

La tuneladora
Fernando Lalana

El asunto Galindo
Fernando Lalana

El último muerto
Fernando Lalana

Amsterdam Solitaire
Fernando Lalana

Tigre, tigre
Lynne Reid Banks

Un día de trigo
Anna Cabeza

Cantan los gallos
Marisol Ortiz de Zárate

Ciudad de huérfanos
Avi

13 perros
Fernando Lalana

Nunca más
Fernando Lalana
José M.ª Almárcegui

No es invisible
Marcus Sedgwick

*Las aventuras de
George Macallan.
Una bala perdida*
Fernando Lalana

*Big Game
(Caza mayor)*
Dan Smith

*Las aventuras de
George Macallan.
Kansas City*
Fernando Lalana

La artillería de Mr. Smith
Damián Montes